AF590652

OBSERVATIONS

SUR LA LITTÉRATURE EN FRANCE, SUR LE BARREAU, LES JOURNAUX, &c.

OU

LETTRES

D'UN

PARISIEN

A SON AMI EN PROVINCE.

Nullius addictus, jurare in verba magistri.
HORACE.

M. DCC. LXXX.

UN OBSERVATEUR

A SON AMI EN PROVINCE.

LETTRE PREMIERE.

Je vous ai promis, mon cher ami, de vous rendre compte avec l'impartialité la plus ſtricte de l'état actuel de notre littérature françoiſe. Je tiens aujourd'hui ma promeſſe. Cette impartialité paroîtra peut-être une chimere preſqu'impoſſible à réaliſer dans ce ſiecle où l'eſprit de parti a pénétré juſques dans les ſciences même qui ſemblent en être inſuſceptibles ; cependant il eſt vrai, & la lecture de ces obſervations vous en convaincra, que, ſoit goût décidé pour le pyrrhoniſme, ſoit averſion naturelle pour les charlatans, je n'ai adopté aucune enſeigne littéraire. L'amour ſeul de la vérité m'a guidé, & comme mon maître Horace, *nullius addictus jurare in verba magiſtri*; je rends hommage au talent par-tout où il ſe trouve, & j'arrache d'une main hardie le maſque de l'hypocriſie littéraire, même lorſqu'il couvre une face académique. Les journaliſtes, qui ſe diſent chargés du glorieux emploi que j'exerce aujourd'hui, n'ont pas le même courage; les uns lorgnant avec un œil de convoitiſe le fauteuil des bienheureux, encenſent tout ce qui ſort de cet antre myſtérieux; les autres excommuniés & exclus à jamais des bénédictions encyclopédiques & philoſophiques, ne vengent que leur propre cauſe, en s'armant pour la vérité. Le ſuffrage des premiers eſt nul, les traits des autres ſont trop envenimés. La tâche glorieuſe de venger la vérité, de peindre les ſcenes ſcandaleuſes qui déshonorent la littérature, n'appartient qu'à des être iſolés qui, ſans liaiſons, ſans parti, ſans prôneurs, ſans autre égide enfin que l'amour du vrai, frappent l'erreur & dévoilent avec courage le charlatan dont le public ignorant admire les tours de force. Tel eſt l'état où je me trouve. *Vitam impendere vero*. C'étoit la déviſe d'un grand homme qui, avec celui de *Voret*, fut peut-être le ſeul philoſophe de nos jours; & malgré les larmes que lui coûterent les ſacrifices qu'il fit à la vérité, j'oſerai ſuivre de loin ſes traces. N'attendez pas de moi que je me trace des diviſions ſymmétriques dans ces obſervations. Elles rouleront ſur toute ſorte d'objets; à côté de la querelle des Gluckiſtes & des Picciniſtes, je placerai mes regrets ſur la décadence du barreau; des réflexions ſur la manie des nouvelles, ſuivront un morceau philoſophique; j'entre-mêlerai toutes les matieres. *Ex diverſis voluptas*. Je m'attacherai plus à peindre les abus qui regnent dans la littérature, que je ne tracerai le tableau de son état : tant d'écrivains l'ont déjà dessiné ! Non pas cependant que je regarde leurs ouvrages comme parfaits ; l'éloge perpétuel intitulé, *aux mânes de Louis quinze*, devient insipide par le ton louangeur qui l'affadit ; le fiel de la satyre souille trop souvent *les mémoires de Bachaumont*, & le tableau de *Mayer* n'est qu'une gazette aride. Pour réussir dans une entreprise si belle & si périlleuse, il faudroit à l'art du coloris joindre l'universalité des connoissances & l'impartialité la plus sévere. On ne manque pas d'artistes à petites manieres, à croquis imparfaits, à frivoles enluminures. Mais où est l'homme de génie, où pourroit-il être, lorsque la mode, le despotisme académique, son siecle enfin le forcent à rétrécir son chevalet ?

Les deux lumieres de ce siecle se sont éteintes presqu'au même instant, & les regrets que nous a causés cette double perte, ne peuvent être appaisés par la vue des trésors qu'ils nous laissent. Dans la tragédie, dans l'épopée, Voltaire n'a point laissé de successeurs ; un intervalle immense le sépare de ceux qui ont osé courir après lui cette carriere ; & les écueils dont elle est parsemée, contre lesquels se sont brisés les talens les plus prônés, ont droit d'effrayer tous les poëtes de nos jours. D'un autre côté, la philosophie ressuscita dans ce siecle Socrate & Platon : tous deux bienfaisans & éclairés, ils furent tous deux persécutés. On admira l'*Esprit* & *Emile* ; on déchira leurs auteurs ; ils changerent le siecle sans former de secte ; & c'est le caractere de la vérité, si l'on en croit Voltaire.

Le philosophe est seul, & l'imposteur fait secte.

Si l'ami de la vertu, dont les cendres reposent dans l'isle fortunée d'Ermenonville, essuya des persécutions, les coups les plus cruels lui furent portés par des êtres qui se disoient philosophes :

car Paris, comme autrefois Athenes, regorge de ces prétendus ſages. Défiez-vous de ces ſicophantes ; le ciel eſt ſur leurs levres, & l'enfer dans leur ame. Leur main téméraire a même oſé fouiller dans le tombeau de ce grand homme, & inſulter à ſes mânes. Il eſt vengé ; le cri de tous les honnêtes gens s'eſt élevé en ſa faveur, & le calomniateur s'eſt tû. Mais quels regrets ne doit-on pas former, quand on voit que la véritable philoſophie eſt deſcendue avec lui au tombeau ; quand on voit que les ſophiſtes pullulent, & que nous n'avons pas un ſeul ſage ; quand on voit que nous avons tant de littérateurs & ſi peu de génies ?

La capitale eſt en effet inondée d'une foule d'inſectes littéraires, de Mécenes littéraires, de petits ouvrages prônés avec fureur, oubliés avec promptitude. Tel eſt le ſort ordinaire des dictionnaires, des éloges, des eſprits des grands hommes ; ouvrages où perce la ſtérilité du compilateur ou la baſſeſſe de l'adulation :

& il en paroît mille de ces especes pour un ouvrage utile. En même tems que Robertson publie ses annales de l'Ecosse, la presse gémit sous l'histoite du miracle de sainte Gertrude de Grysvald ; le même jour voit paroître le *Monde primitif* & les *Incas ;* & lorsqu'une société respectable couronne le Traité des délits & des peines, d'autres sociétés jettent des fleurs sur des vers que le dieu du goût désavoue.

Cette multitude de mauvais ouvrages, de gens de lettres, de sociétés littéraires, a nui réellement à la perfection des connoissances humaines. Jetez les yeux sur l'Italie. Il n'est pas de bourgade qui n'ait son académie, son tripot littéraire ou musical, & Diogene avec sa lanterne y trouveroit à peine un vrai savant. Il semble que la lumiere en se partageant ait perdu de son éclat.

La manie de l'universalité des connoissances a d'ailleurs dérangé toutes les têtes. Pour vouloir embrasser tout, on est devenu ſuperficiel. On a été plus délicat, mais moins ſavant, plus raiſonneur, mais moins profond; l'eſprit y a gagné, le génie y a perdu. De là il eſt réſulté qu'on a accueilli tous les ouvrages ſuperficiels & légérement écrits, qu'on n'a payé aux traités ſavamment raiſonnés, que le tribut ſtérile d'une froide eſtime. Bayle diſoit que de ſon tems, pour avoir du débit à Paris, il falloit compoſer des romans ou des livres de dévotion. A ces derniers près, c'eſt toujours le même goût. On dévore le roman du jour, & on lit à peine l'hiſtoire de l'aſtronomie. De là la pénurie des vrais ſavans; l'homme de génie, qui auroit pu faire des chefs-d'œuvres, ſe borne aux miniatures. On ſe laiſſe trop gâter en France, diſoit encore Bayle, par le goût des choſes divertiſſantes & des bagatelles.

Je ne connois que la chymie qui ait fait quelques progrès, & qui ait gagné des proſélytes, même parmi les femmes. Mais elles ont porté dans l'étude de cette ſcience leur eſprit léger & inconſéquent. Pour avoir la tête meublée de quelques mots techniques, pour connoître l'air fixe de *Prieſtley*, ou le ſyſtême ſur l'électricité de *Franklin*, elles ont cru pouvoir lire dans le grand livre de la nature ; elles ont jugé, prononcé des oracles, & la ſcience a été décréditée. Une ſcience qui vient à la mode eſt toujours ſuſpecte de charlataniſme, & le charlataniſme décele les ténebres dont elle eſt couverte.

De plus, les prix que les académies ont multipliés, loin de féconder l'empire des lettres, l'ont rendu ſtérile, en l'étouffant ſous un amas de plantes paraſites. L'intrigue qui préſida ſouvent à leur diſtribution, l'obſcurité qui couvre preſque toutes les têtes à lauriers académiques, la médiocrité reconnue des ouvrages couronnés ; tout contribue à jeter du ridicule, & ſur les académies qui proſtituent les récompenſes, & ſur les gens de lettres qui les reçoivent.

Parcourez en effet les éloges, les pieces

de vers que la premiere académie de l'Europe a couronnés depuis quelques années; parcourez, si vous en avez le courage, ce dityrambe didactique de M. de la H... adressé aux mânes de Voltaire; cet éloge de Suger, par M. Garat: vous verrez dans l'un des écarts mesurés au compas, un délire raisonné, toutes les glaces de la Russie, masquées sous un style épuré, de la correction enfin, mais pas une étincelle de génie; vous verrez dans l'autre le panégyriste s'envelopper d'un voile impénétrable, affecter de ne parler que par énigme, donner un air de profondeur à des idées triviales, cacher enfin sa médiocrité sous une obscurité recherchée. Remontez à des tems antérieurs, lisez les éloges des Lh... des Th... vous y verrez de l'enflure, des idées gigantesques, & la vérité déguisée sous un ridicule *pathos*. Voilà le ton de tous les éloges. Et qu'est-ce qu'un éloge? Il semble que les auteurs d'aujourd'hui ne pouvant avoir de l'esprit, se bornent au triste métier de faire sentir celui des autres. Les ſiecles paſſés ont produit, celui-ci ramaſſe, compile, étiquete les ſacs. Les panégyriſtes ſont comme les médecins de Moliere; malade ou non, il leur faut une victime. S'il y a matiere au panégyrique, on l'amplifie; on en crée, s'il n'y en a point, & avec une enfilade harmonieuſe de mots bien arrangés, on parvient à ſe faire une réputation. C'eſt un cadre brillant qui peut ſervir à toute ſorte de portraits. Et que ne peint-on pas! Le fameux Jeannot, le coryphée des boulevards, ne doit pas déſeſpérer de figurer un jour dans la galerie des éloges académiques.

Les étrangers ridiculiſent cette fureur des François pour les éloges. Mais ſont-ils eux-mêmes plus ſenſés? Les ſavans de Berlin, à en juger par les programmes de leurs prix, ne ſont-ils pas encore inveſtis de la rouille ſcholaſtique? Scot parloit-il un langage moins intelligible que l'auteur des recherches ſur le *fondamentum virium*? Et que dire de l'académie de Madrid, qui propose pour sujet d'un prix la question de savoir si les rats sont ou nuisibles ou utiles. Avouons-le, quoi que fasse le génie philosophique, il y aura toujours des ténebres qui obscurciront le monde littéraire, de petits écrivains qui l'ennuieront, des égoïstes qui le duperont.

Cet égoïsme que respirent la plupart des gens de lettres de nos jours, n'a pas peu contribué à les couvrir de mépris, & à préparer la décadence de la littérature. Il s'y est glissé une foule de charlatans qui, masquant leur ardeur de parvenir, leur ambition, sous le voile de la philosophie, affichent ses maximes, & un air d'austérité pour mieux séduire le vulgaire, & bâtir leur fortune aux dépens de sa crédulité. Ils citent Epictete, & dans le fond ils ne ressemblent qu'au parasite Aristippe, qu'à ce vil Prothée, qui changea de ton, de systême, de conduite, au gré des courtisans dont il caressoit bassement les vices. Vous les reconnoîtrez ces pseudophiloſophes à leur ton apprêté, à leur morale relâchée, à leur jargon de tolérance, d'humanité, de bien public, qu'ils ont ſans ceſſe à la bouche, tandis que dans leur cœur ils ne ſacrifient qu'à leur intérêt perſonnel. Vous les verrez ſe preſſer en foule à la table des grands, courtiſer leur faveur, mendier leur protection, applaudir à leurs ſottiſes. Vous les reconnoîtrez encore, ces hommes tolérans, à l'âpreté dure avec laquelle ils cenſurent tout ce qui n'a pas le ſigne du parti, au fanatiſme intolérant avec lequel ils perſécutent, ils décrient les vrais ſages, les Diogenes reſpectables, qui dans une heureuſe obſcurité dédaignent la faveur, & ne ſavent point acheter par des baſſeſſes une réputation équivoque. Voilà les égoïſtes qui déshonorent la philoſophie en en faiſant un trafic honteux. Les grands, le peuple, inveſtis de ces paraſites, jugent l'or ſur ces ſcories, & la ſcience eſt à jamais flétrie de ridicule. Ses vrais partiſans, indignés de voir les récompenſes, les penſions voler au-devant de l'intrigue lorſque le mérite reſte dans l'indigence, indignés de voir le ſiecle égaré, ſéduit par le charlataniſme d'une cabale de ſophiſtes, s'enſeveliſſent dans des retraites pour ſauver un affront à la philoſophie. Je veux vous entretenir un jour de ces objets, de la réalité deſquels le public doute encore. (*)

LETTRE II.

Sur la Muſique.

Il eſt apparemment dans la deſtinée des hommes réunis en ſociété, de ſe heurter & de combattre toujours, ſoit pour des intérêts graves, ſoit pour des riens. Il ſemble que le repos ne ſoit point leur état naturel, & que l'inquiétude ſecrete qui les ſtimule pour étendre leur exiſtence, ait beſoin ſans ceſſe d'alimens nouveaux. L'expérience confirme cette vérité puiſée dans la nature de l'homme. Qui ne connoît en effet les factions des bleus & des verds, les

(*) Ces lettres manquent

guelphes & les gibelins, la roſe rouge & la roſe blanche, les toris & les wighs, la fronde, la ligue, le baïſme, le janſéniſme, les convulſionnaires, & mille autres folies ſanguinaires, politiques, religieuſes, littéraires, qui ſucceſſivement ont enſanglanté ce globe, ou ennuyé ſes habitans ?

Il y a quinze ou vingt ans que la deſtruction d'un corps religieux, redoutable par ſon ambition, par le concert de ſes membres, par l'étendue de ſes projets, par l'adreſſe de ſes manœuvres, bouleverſoit toutes les cervelles, occupoit toutes les plumes, produiſoit mille brochures qu'un jour voyoit naître, que le lendemain voyoit diſparoître. L'encyclopédiſme, qui avoit accéléré ſa chûte, s'inſinua bientôt après dans les eſprits, & changea les opinions. On proſélytiſa, on convertit. Il y eut des réfractaires ; on les pourſuivit, on les déchira.

L'économiſme, branche imperceptible, entée ſur l'encyclopédie, faiſoit cependant des progrès. On ne parla plus que de pain, de produit net; on calcula, on déraisonna, on bouleversa tout; les enthousiastes avancerent de l'argent, les charlatans s'enrichirent, les persiffleurs firent des épigrammes. La fureur de l'économisme se ralentit ensuite à l'ouverture d'une scene plus éclatante.

L'ambition d'un seul homme faisoit trembler tous les tribunaux. Dans sa vengeance, il avoit juré la ruine de ces colosses respectables par leur antiquité. Le succès couronna son astuce, il effraya le monarque, & les magistrats payerent par l'exil leur fermeté. Alors on fouilla dans les annales, dans les archives de la nation, pour connoître les bornes, l'étendue du pouvoir des parlemens; cette affaire importante se discuta avec des citations & des épigrammes, des argumens & des calembours, enfin avec des lettres de cachet & des chansons. Le peuple regretta ses patrons, déchira les *interim*, puis finit par se consoler de tout. Un monarque juſtemant admiré, avoit tout rétabli dans l'ordre. Il fallut cependant un aliment au bavardage des Welches, & la muſique le fournit. Ce théatre bizarre, ou tous les arts ſont invoqués pour l'agrément, quoiqu'ils ne produiſent que l'ennui, le théatre de l'opéra avoit eſſuyé bien des révolutions depuis ſa naiſſance. Un Florentin qui parut au moment de ſa création, y porta le génie de la muſique italienne. Il eut peu d'imitateurs, & cet art ſembla ne faire aucun pas, juſqu'au tems où parut le créateur de l'harmonie: on devine aiſément le nom de Rameau. L'opéra de *Caſtor & Pollux*, où ce ſavant compoſiteur déploya tout ſon génie, enchaîna la critique, obtint tous les ſuffrages. Perſonne n'oſoit ramaſſer le ſceptre que ſon ſiecle lui avoit accordé, la ſcene lyrique étoit dans un état de langueur, lorſque le célebre Gluck vint diſſiper cette léthargie. Il tenta d'introduire un nouveau genre, & de ſubſtituer au papillotage des Italiens, le ton ignoré jufqu'alors de l'expreffion muficale. Ce projet étoit magnifique ; il l'exécuta en profond muficien. *Iphigénie en Aulide*, *Alcefte* feront des monumens éternels de fon génie & de fa gloire ; mais s'il eft permis à un pyrrhonifte de fronder les préjugés de fon fiecle, je dirai que fes partifans ont pouffé trop loin leur admiration pour fes ouvrages. Ils reffembloient à ces commentateurs d'Homere, qui lui prêtoient des beautés dont il ne s'étoit jamais douté. Cependant l'apparition de ce génie caufa une fermentation finguliere dans la littérature. L'hiftoire de cette querelle feroit curieufe, & pourroit fervir de pendant au *Lutrin* & à la *Dunciade*, fi quelque poëte fatyrique ofoit l'entreprendre. Que d'excellens tableaux ! Que de portraits grotefques ! On y verroit figurer un abbé enfoncé dans l'épaiffe antiquité, qui n'aime que les Grecs, ne jure que par les Grecs, & qui n'admire Gluck que parce qu'il croit voir en lui le réfurrecteur de la tragédie grecque, qu'on ne connoît pas. On y verroit cet abbé ſoudoyer des manœuvres littéraires pour répandre ſes étranges paradoxes, dévorer cent *in-folio* pour prouver que les poiſſardes à Athenes ne vendoient leurs marchandiſes qu'en chantant, qu'on plaidoit, qu'on philoſophoit, qu'on diſoit tout en chantant; on le verroit bénir la Grece parce qu'elle n'étoit peuplée que de virtuoſes, pouſſer de longs vœux pour la réſurrection de la cantomanie, deſirer que les arrêts & les édits fuſſent rendus en muſique, comme M. Fardeau voudroit qu'ils fuſſent rendus en vers, parce que tous les hommes ſeroient bien meilleurs citoyens lorſque la loi ſeroit en G-re-ſol. On y verroit un autre convulſionnaire enthouſiaſmé des mêmes idées, plaindre Corneille & Voltaire de n'avoir pas embelli leurs tragédies du langage énergique de re-mi-fa, s'écrier dans ſon délire : ô Racine, tu ferois couler bien plus de larmes, ſi dans un froid & triſte récitatif Roſalie hurloit tes vers au lieu de les prononcer. Deux ſaignées pourroient guérir ce fou là ; mais pour l'abbé, il mourra dans l'impénitence finale ; on dit qu'il a déjà fait ſon épitaphe en muſique ſans paroles, parce que la vraie, la ſeule langue eſt celle de la muſique, que preſque tout l'univers n'entend pas. Sur les pas de ces deux adorateurs de l'antiquité, ſe traînent peſamment des écrivains ſubalternes, qui répetent avec emphaſe le catéchiſme du tripot, & aboient en chœur après les La H... & les Mar... C'eſt la livrée qui fait le coup de poing pour un maître qui ne les connoît pas.

A vous, meſſieurs les Piccíniſtes ! Si je peignois le tableau de votre fanatiſme, je montrerois dans le lointain un adroit politique attiſant ſourdement le feu de la guerre, lâchant contre le muſicien Allemand ſes fideles proſélytes. Sur le devant j'y montrerois les enfans perdus du parti philoſophique, inondant le public de froides épigrammes, de diſſertations ennuyeuſes, infectant ſes journaux de ſolécíſmes, de barbarifmes muficaux. J'y montrerois un Julius académicien, rompant plufieurs lances contre un académicien ignoré ; le pere malheureux de cinquante tragédies avortées, mutilant d'excellentes tragédies lyriques, pour fe venger du public qui n'a pas voulu s'ennuyer aux fiennes. Enfin j'y montrerois tous ces protecteurs de l'école italienne, recevant le falaire de leur bavardage dans un bon dîner hebdomadaire, s'écriant en chœur, que le véritable Amphitrion de la mufique eft l'Amphitrion où l'on dîne. Ce qui paroîtra plaifant dans l'hiftoire de cette querelle, c'eft que tous les perfonnages y parloient un langage qu'ils n'entendoient pas. Les uns citoient à grands frais du grec qu'ils n'entendoient pas ; les autres, à l'aide de dictionnaires & de rudimens, tâchoient de combattre la mufique qu'ils n'entendoient pas ; les muficiens brodoient de la mufique fur une langue qu'ils n'entendoient pas. Qu'eft-il réfulté de tout cela ? Le public a ri, les ſots ont pris parti, l'homme judicieux en a conclu que le beau muſical n'eſt qu'arbitraire, qu'il eſt l'ouvrage du préjugé de l'éducation. On ne diſpute point en effet ſur des vérités invariables, on n'a point verſé de ſang ni barbouillé de papier pour prouver que deux & deux fiſſent quatre ; mais le beau muſical n'eſt pas du nombre de ces vérités. Il varie en raiſon des climats, de l'organiſation, de l'éducation.

En partant de ce principe, le bon muſicien ſera donc celui dont la muſique ſera analogue aux organes, à la maniere de ſentir de la nation pour laquelle il travaille. Il ne peut donc y avoir de muſique univerſelle ; c'eſt une chimere, la philoſophie eſt ſeule de tous les tems, de tous les lieux. Les beaux arts ont leurs bornes ; il ne doit donc point paroître étonnant que la muſique françoiſe ait eſſuyé tant de variations ; c'eſt que notre maniere de voir a changé ; & comme nous roulons dans un cercle perpétuel de goûts & de ſyſtêmes, il y a tout à parier que notre muſique changera plus d'une fois.

Quoi qu'il en ſoit, il paroît que Gluck a découvert le ſecret de la muſique analogue aux oreilles françoiſes, puiſqu'on ſuit avec conſtance tous ſes opéras, & qu'ils paroiſſent même gagner à être vus ſouvent. Piccini, à la quatrieme repréſentation de *Roland*, chantoit déjà dans le déſert ; je ſors de la vingtieme repréſentation d'*Iphigénie en Tauride* ; toujours la même foule, le même empreſſement, le même enthouſiaſme. Je ſais que les ennemis de Gluck oppoſent à ce fait les fréquentes repréſentations de la *Phedre* de Pradon ; les cent vingt repréſentations *des battus paient l'amende.* Cotin auroit pu de ſon tems emprunter cet argument, pour ſe mettre à l'égal de Boſſuet : cela prouve que la raiſon eſt une clef à toute ſerrure ; les ſots ſeuls l'emploient avec ſécurité. Cependant, en dépit de la géométrie raiſonnante, cabalante & dînante, je demanderai toujours comment un opéra, s'il n'est pas réellement beau, peut plaire constamment sans divertissemens, sans mêlange de merveilleux ou de féerie, sans toutes ces pretintailles qui font illusion au vulgaire; comment une tragédie, si elle n'a pas de beautés lyriques, a pu, sans aucun épisode, sans amour, avec le seul secours de la musique, étonner, attendrir, exciter la terreur, & faire couler des larmes. C'est un fait dont tout Paris a été le complice & le témoin. Marm. a calomnié les vers de ce poëme; il falloit bien qu'il se vengeât du public qui a tant de fois médit des siens. Ce destructeur de l'aimable Quinaut, a su déterrer une plume pour réchauffer la querelle musicale; il a parlé, & un éleve d'architecture jetant au loin ses outils, a monté sur le trépied sacré, pour prononcer un arrêt ridicule contre Gluck, & prouver au public qu'il n'avoit pas le sens commun de l'admirer. Sa brochure exaltée par le parti *châtré*, déchirée par le parti *expressif*, est la cent mille & unieme absurdité qu'ait produit cette querelle. Dans ses entretiens il y a deux interlocuteurs, dont l'un, comme à l'ordinaire, tend toujours le dos pour recevoir les étrivieres, & l'autre est tout fier de vaincre un ennemi qui ne se défend pas. On dissèque dans ce pot-pourri sorti du magasin de Naples, les opéra de Gluck, acte par acte, scene par scene, air par air, & l'on trouve tout en général pauvre, aride, sautillant, sans génie. Perraut, dans le dernier siecle, jugeoit intrépidement les Grecs, dont il n'entendoit pas la langue. C'est l'histoire de M. Coq... à qui l'on pourroit appliquer mieux qu'à Perraut (car il savoit au moins sa langue, & étoit excellent architecte), ce vers de Boileau :

Soyez plutôt maçon, si c'est votre métier.

Voulez-vous connoître à présent, mon cher, ma confession de foi en matiere musicale ? La voici.

Je ne ſuis ni Gluckiſte ni Picciniſte, je vois en riant les Midas des deux partis s'injurier, ſe mordre, déraiſonner réciproquement, chercher à faire des proſélytes, & prôner chacun ſon orviétan.

Car chacun vend ſa drogue, & croit ſur ſon
pallier,
Fixer comme . . . . les yeux du monde entier.

Pour moi, le chant de Piccini m'a charmé, j'ai verſé des larmes à *Alceſte*; j'ai frémi à la vue des fureurs d'Oreſte, & je m'écrierai toujours :

Pour ſiffler Gluck, il faut être un Orphée.

LETTRE III.

Sur les Gazettes.

LES gazettes ſont ſans doute la branche la plus lucrative de la littérature françoiſe. La fureur des oiſifs pour les nouvelles politiques, & l'avidité de ces êtres qui, toujours à l'affût des événemens, en profitent pour mettre à contribution les fantaisies de leurs semblables, ont étrangement multiplié ces trompettes mensongeres de la renommée. Renaudot fut, dans le dernier siecle, l'heureux opérateur qui découvrit cette mine féconde que la cupidité typographique n'a pas encore épuisée. Bayle assure que de son tems, ces chroniques journalieres étoient déjà décriées. Cependant cette monnoie, quoique reconnue fausse, a cours, & les gazettes sont & seront toujours lues, citées, prônées, parce qu'il y aura toujours des essaims nombreux d'oisifs, dont l'existence morale se borne à déraisonner sur leurs impostures. Une révolution même légere dans les intérêts politiques de l'Europe, suffit pour les faire éclorre par centaines, comme dans les climats chauds une pluie abondante fait naître une infinité d'insectes; le calme reparoît, & tous s'anéantissent. Voilà le cercle qui voit naître & disparoître successivement tous les papiers politiques. Parmi ceux qui circulent en France , *ſunt bona* , *ſunt quædam mediocria* , *ſunt mala plura* ; je ne parle ici que des principaux.

Courier de l'Europe.

Lorſque cette feuille parut la premiere fois en Angleterre, elle étoit entiérement calquée ſur les énormes *in-folio* en maniere de gazette, qui ſont publiés à Londres. Même déſordre dans la diſtribution, même prolixité dans de miſérables annonces, même méchanceté dans les articles ſcandaleux, même lourdeur, même ennui ; on la réduiſit en in-4°. & elle parut en France plus ſupportable. Alors (en 1776) s'élevoit ce ſchiſme prédit par l'abbé Raynal, entre l'Angleterre & les colonies, qui devoit abaiſſer la premiere puiſſance, changer la face de l'Europe en ouvrant de nouveaux canaux au commerce de toutes les nations. La France profitant habilement de ces diviſions, parut la premiere ſur les rangs. Liée par les traités à un peuple qui l'avoit combattue, cherchant à s'éclairer ſur les intérêts, ſur la conſtitution, ſur les reſſources, les bévues politiques de ſa rivale, elle devoit accueillir avec empreſſement une feuille imprimée en françois, rédigée par un François, dans le ſein de Londres même; feuille qui rempliſſoit parfaitement toutes ſes vues. C'eſt ſans contredit la gazette la plus ſûre pour les nouvelles de l'Angleterre & de l'Amérique, & à cet égard ſon titre n'eſt pas exact. On a goûté ſur-tout la maniere de l'auteur de préſenter, d'analyſer les débats intéreſſans du parlement, de ſaiſir les ridicules, de peindre les perſonnages qui jouoient ſur ce vaſte théatre. Cette feuille devenue univerſelle, a trahi la foibleſſe de l'Angleterre aux yeux de toute l'Europe. Juſqu'alors ſes loix, ſa politique, ſes mœurs n'étoient connues que de quelques ſavans ou des miniſtres. On deſireroit que les autres parties de ce Courier fuſſent dignes de l'article d'Angleterre. Mais les nouvelles étrangeres méritent à peine d'être lues, & la correſpondance littéraire n'a paru qu'une arene ouverte à quelques dogues qui ſe déchiroient, ſe dévoroient: enſorte que le public s'eſt plus ſouvent amuſé qu'inſtruit ; mais plus d'une fois les gens de lettres ont été révoltés de ces ſcenes ſcandaleuſes.

On ne ſait pourquoi le rédacteur a défiguré la deviſe qu'il a priſe. La voici :

Tros Tyriuſve mihi, nullo diſcrimine agetur.

Au lieu de

Tros Rutuluſve fuat, nullo diſcrimine habebo.

Jamais les Tyriens n'ont été ennemis ou antagoniſtes des Troyens. Quoi qu'il en ſoit, s'il faut dire la vérité, l'auteur, avec beaucoup de talent n'a pas toujours rempli ſa deviſe.

Affaires de l'Angleterre & de l'Amérique.

Cette gazette a pris naiſſance au milieu de l'année 1776. Elle étoit deſtinée à raſſembler les matériaux de la guerre d'Amérique. C'eſt le but du Courier de l'Europe. Quoique ces deux papiers devroient ſe reſſembler, ils ont des différences bien eſſentielles : l'un eſt écrit à Londres, l'autre à Verſailles, quoique ſuppoſé publié à Anvers. L'auteur du Courier ſe nomme. Il vit à Londres, & puiſe à la ſource. L'autre eſt un commis inconnu des bureaux de Verſailles, le prête-nom du célebre F... & des Américains. L'un donne des nouvelles très-fraîches, l'autre ne les donne & ne peut les donner que lorſqu'elles ſont déjà publiées. Pour le ſtyle, il y a encore moins de reſſemblance. Mons le banquier de Londres écrit lourdement, narre lourdement, analyſe groteſquement les débats. Quoiqu'il ſoit facile de reconnoître que M. D. L. T. n'eſt pas un homme de lettres, au moins il n'a pas ces défauts, & il a ſu plaire aſſez généralement aux miniſtres, aux négocians, aux politiques. Il paroît avoir trop de hauteur, pour être l'écrivain ſtipendiaire des miniſtres de quelque nation que ce ſoit. L'autre ne paroît occupé qu'à faire ſa cour au phyſicien de Philadelphie.

Les mémoires dont nous parlons devront donc être lus, & cités avec circonſpection par l'écrivain qui nous tracera en grand l'hiſtoire de la révolution de l'Amérique. Les Anglois y ſont trop maltraités, les Américains trop favoriſés; par une inconſéquence ſinguliere, c'eſt ſous la plume d'un banquier de Londres que le rédacteur place toutes ſes rêveries politiques, toutes ſes déclamations, ſes invectives contre la Grande-Bretagne. Enfin il y a ſi peu de choix dans les matériaux, il y a tant de faits minucieux, tant de pieces ennuyeuſes & ſuperflues, que je plains ſincérement l'écrivain obligé d'en dévorer le futile amas.

Parmi les gazettes qui nous viennent du Nord, il faut diſtinguer celle du bas-Rhin, dont l'auteur paroît bien au-deſſus de ſon métier. Quand on l'a lue, on peut ſe diſpenſer de s'arrêter aux autres, même à celle intitulée des Deux-Ponts, dont le rédacteur fait le bel-eſprit là où il ne devroit être que compilateur. Je ne parle pas des merveilleux journaux de Bouillon, de Bruxelles & de Geneve, que vos bourgeois provinciaux liſent avec tant de délices, & citent avec tant d'intrépidité; c'eſt une rapſodie des nouvelles qui paroiſſent dans les gazettes hebdomadaires.

O imitatores ſervum pecus !

Les gazetiers du midi ne ſeront pas accuſés de ce défaut : ils ſont vraiment originaux. Dégoûtés des vanités de ce monde, s'intéreſſant foiblement à ces petites révolutions politiques qui attirent ailleurs tous les regards, ils aiment bien mieux remplir leur bienheureuſe gazette de nouvelles céleſtes, de ſermons, d'expoſitions de reliques, des ſéances de l'académie des hébétés & des foux, où tous les diſcours qu'on y récite ſont par une vertu particuliere toujours admirables, & les vers toujours immortels. On y rend compte même des produits des offrandes de cire qui ſe font devant la *miracoloſa imagine della Ss.* ... Comme je pourrois être accuſé de calomnier ici les gazetiers Italiens, je citerai un article même d'une gazette de Toſcane, qui me tombe ſous la main. *Le oblazione di cera e denaro ſono ſtate in ſi gran numero che non abbiamo memoria d'aver le ſantile uguali ſervendo il dire che la ſola cera e ſtata ſettecento lire.* Il ne faut pas oublier la date de cette pieuſe récolte. Elle eſt du 26 avril 1779... La gazette de Madrid peut ſervir de digne pendant à celle de Florence ; & que peut-on attendre de mieux d'un pays où l'on feſſe un homme pour avoir commis le crime horrible de faire défricher des landes & élever des manufactures par des mains hérétiques ?

Outre les gazettes étrangeres, la France

en a de nationales, celle, par exemple, qui eſt en poſſeſſion d'annoncer les préſentations à la cour, les quêtes à la meſſe, dont la brillante rédaction a valu à plus d'un rédacteur une place parmi les quarante élus ; plus les immortelles annonces, affiches, &c. où un petit ſucceſſeur de Lafontaine emploie toute ſon éloquence pour apprendre aux frippiers quels meubles ſont à vendre. Quelque vénération que j'aie pour cette merveilleuſe production, j'obſerverai que très-mal-à-propos elle eſt intitulée *Journal général de la France*, puiſqu'il n'y eſt queſtion que de maiſons à vendre à Paris, de chiens ou de bourſes perdues à Paris, &c. Il m'a paru auſſi ridicule d'y accoller la notice d'un livre eſtimé à côté de l'annonce d'un épagneul égaré. Le metteur en œuvre de ces avis devroit bien ſe diſpenſer de faire de pareilles excurſions dans la littérature. S'il a des lacunes à remplir, qu'il faſſe une amplification ſur les maiſons à louer, ou qu'il ait des avis à tiroir, comme poudres, baumes, &c. Alors il ne ſortira point de ſa ſphere : on ſentira ſa ſtérilité ; mais on ne lui dira pas, *ne ſus Minervam.*

Avis, Annonces de Province.

On pourroit donner le même avis à ſon digne acolyte, le rédacteur des affiches de province.

C'eſt une feuille purement littéraire, où M. l'abbé Font.... ſe régale deux fois la ſemaine du plaiſir bien innocent de décrier Voltaire, l'académie, l'encyclopédiſme, &c. &c. Malheureuſement cet abbé n'a pas acquis dans la littérature aſſez de prépondérance pour être cru, ni même pour être lu ; c'eſt un de ces inſectes qui, du vivant de Voltaire, le déchiroient en ſous-ordre ; & il continue aujourd'hui ſon honorable métier, en donnant de tems en tems quelques coups de dent à ſes reſtes, & à ce qu'on a appellé ſa livrée. Il eſt vrai que cet abbé eſt l'auteur d'un ouvrage ſur les peintres, où l'on s'appercevroit de l'érudition qui y regne, si, dès les premieres feuilles, ce livre érudit n'échappoit pas des mains du lecteur ennuyé.

On ne fera pas le même reproche à un autre papier national, qui a justement mérité l'estime de tous les honnêtes gens. Je parle de la gazette d'agriculture.

Gazette d'Agriculture.

Lorsque les François, las du carnage, & fatigués du tumulte des guerres civiles, eurent changé leurs épées contre un soc de charrue; lorsque la terre trop long-tems humectée de leur sang, eut commencé à prodiguer ses trésors qu'ils avoient négligés, ils sentirent alors le prix de l'agriculture; l'abondance des denrées qu'elle répandit, fit naître, étendit, propagea le commerce. Pour soutenir, emporter la balance de ce commerce avec les nations étrangeres; pour connoître les productions les plus lucratives, les débouchés du commerce, &c. il fallut étudier les mœurs, les coutumes de chaque pays, connoître leurs productions ; mais ces connoiſſances ne s'achetoient qu'à grands frais & par de longs voyages. Les livres en ſauvent l'embarras ; ils rapprochent les nations les plus éloignées ; c'eſt du beſoin de ce rapprochement, du beſoin de la connoiſſance inſtantanée des opérations de commerce dans tous les pays du monde, de ſes variations, qu'eſt né le projet de faire une gazette d'agriculture, de commerce, d'arts & de finances ; & à ce titre elle devoit être accueillie de tous les commerçans, agricoles, ſpéculateurs. Elle eſt partagée en trois diviſions ; la premiere comprend les nouvelles étrangeres ; la ſeconde, les nouvelles de l'intérieur du royaume, & la troiſieme, les avis, annonces, relatifs à l'agriculture, &c. On deſireroit que parmi les nouvelles étrangeres, on n'en inſérât pas dont l'objet eſt totalement étranger à l'agriculture. On deſireroit que pour les nouvelles de cette eſpece, tirées de l'intérieur du royaume, il y eût un peu plus d'ordre & de correction, que le rédacteur ne se bornât pas à compiler, qu'il liât les matieres ensemble. On desireroit enfin, de voir des tableaux plus fréquens, plus exacts, 1°. des productions annuelles de chaque canton de la France; 2°. des productions étrangeres; 3°. de leur valeur réciproque dans le commerce, non-seulement dans Paris, mais dans les principales villes commerçantes, &c. &c. On devroit suivre pour ce triple objet, la méthode que l'on suit pour le calcul de la population nationale & étrangere; estimation très-intéressante, & qui met à portée de juger de la bonté de la législation de chaque pays, de la quantité de ses ressources, &c. Malgré ces défauts essentiels, la gazette d'agriculture n'en est pas moins une bonne gazette, mais on peut la perfectionner.

Gazette des Tribunaux.

Il n'en est pas de même de celle des

tribunaux. Cette gazette, qui paroît avoir pris la place de ce Journal des audiences, tant cité dans l'antre de la chicane, eſt rédigée par un nommé M. Mars, qui s'intitule avocat au parlement, & dont le ſtyle, ſuivant les us & coutumes du palais, eſt honnêtement lourd & aſſommant. On y rend compte des principaux procès qui exercent la plume féconde des avocats de Paris. Ce ſeroit une vaſte carriere pour l'orateur éloquent, ou le juriſconſulte philoſophe, qui voudroit s'élever au deſſus des nuages épais, des préjugés qui couvrent encore le temple de Thémis. Mais ici l'auteur, qu'on ne ſoupçonne pas d'éloquence ni de philoſophie, infecté de la vieille rouille du droit romain, & ne jurant que par les autorités, rend compte des affaires ſans les approfondir, les approfondit ſans les raiſonner. Sa gazette n'eſt donc qu'un magaſin périodique, où l'ennui ſans choix & ſans ordre accumule des armes pour le ſepticiſme *judiciaire.*

Voilà, mon cher ami, le catalogue des principales gazettes destinées à satisfaire la curiosité, orner l'esprit, diminuer la nullité des trois quarts de la société, & assouvir la faim d'un vingtieme de l'autre quart. Les anciens n'avoient pas, comme nous, cette brillante ressource pour connoître l'état de tous les pays de l'univers. Les malheureux! ils n'avoient point d'arbre de Cracovie; en revanche leur lycée fourmilloit de savans & de vrais philosophes. N'importe; il viendra sans doute quelque Perraut, qui, dans un parallele bien raisonné des anciens & des modernes, mettra cet article en ligne de compte, avec l'invention des panaches & des cafés, pour prouver notre supériorité sur nos prédécesseurs.

LETTRE IV.

Sur le Barreau.

DANS un de ces rêves brillans, enfantés par l'enthousiasme patriotique, un moderne a osé comparer le barreau françois à l'aréopage d'Athenes, au sénat de Rome. Cette erreur a trouvé des partisans : il faut la dissiper.

Dans les autres sciences nous avons égalé, peut-être surpassé les anciens. Platon n'avoit fait que le roman de l'*ame*, Helvétius plus profond en a fait l'histoire, Moliere a fait oublier Aristophane, le goût a placé Lafontaine bien au-dessus de Phedre. Avons-nous eu les mêmes succès dans l'éloquence ? Notre barreau a-t-il produit un Démosthene ou un Cicéron ? Je sais que dans le dernier siecle, que dans le nôtre, l'adulation & l'enthousiasme du moment ont successivement prodigué ces noms à une infinité d'avocats, dont la poſtérité les a dépouillés. Car qui a le courage de lire aujourd'hui, & l'élegant Patin, & le ſavant le Maître, & le méthodique Cochin, &c. &c ? On connoît à peine leurs noms aujourd'hui, on les cite par un reſte de ſuperſtition ; mais au fond l'ennui que cauſe leur lecture, réclame contre les éloges exceſſifs dont leurs contemporains les ont accablés.

Le barreau françois eſt-il plus brillant de nos jours ? On peut ſe convaincre qu'il n'exiſte réellement aucun écrivain eſtimable, en jetant un coup-d'œil ſur les ouvrages échappés à la plume pédanteſque de ceux qui courent à préſent cette carriere décréditée. Parcourez le Tableau de l'avocat, par le jovial M. Charrai de Boiſſy, l'Eloge de Pitrou, les Cauſes célebres, le Journal du palais, les factums qui nous inondent ; & vous verrez que le ſtyle en eſt lourd, entortillé, que le pédantiſme y regne par-tout, que leurs auteurs ſont toujours poſſédés de la manie de divisions, de subdivisions, de citations qui distinguent les plaidoyers de leurs prédécesseurs. A la théologie près, on y suit toujours leurs traces ennuyeuses ; & quoique le génie philosophique ait reculé les bornes de toutes les autres sciences, l'éloquence du barreau n'a pas fait un seul pas décidé vers la perfection. Sera-t-il donc vrai, comme l'a avancé un écrivain célebre, que l'étude aride des loix étouffe la fleur de la littérature, & émousse ce tact fin & délicat que sa culture donne à ses partisans ? Seroit-il vrai qu'à peine à son aurore, notre barreau touche déjà à son couchant ? Et d'où vient cette décadence ? Je crois en entrevoir la cause dans mille abus qui semblent devoir être éternels ; dans la mauvaise éducation des jeunes gens qui se destinent au barreau, dans le vuide immense de connoissances qu'ils y apportent, dans le défaut d'écoles de déclamation & d'éloquence, dans l'obscurité du droit, dans le despotisme de l'orūre des avocats, dans l'aviliſſement de cet état, & enfin dans le défaut de récompenſes que le mérite a droit d'attendre.

Doit-il à préſent paroître étonnant que le barreau françois dégénere tous les jours, lorſque les trois parties eſſentielles qui conſtituent l'art de l'orateur, la déclamation, l'éloquence & le droit, ne ſont aucunement cultivées? Doit-il paroître étonnant que les tribunaux fourmillent de tant de mauvais avocats? Car où trouver des orateurs qui ſéduiſent par le preſtige de leur déclamation, tandis qu'aucune étude n'a développé leur talent dans ce genre? Où trouver des avocats qui, dans des mémoires purement écrits, charment leurs lecteurs par les agrémens du ſtyle, captivent leurs ſuffrages par la force de leur raiſonnement, électriſent leurs ames par l'énergie de leurs tableaux, & la chaleur de l'expreſſion, quand on néglige la connoiſſance de ſa langue, quand l'étude des belles-lettres eſt interdite, quand enfin la main froide &

cruelle des vieux potentats de l'ordre glace l'ame de nos jeunes gens, & écraſe avec barbarie les fruits naiſſans de leur génie ? Ce ſont ces vieux routiniers qui s'arrogent le privilege excluſif de conſulter : ils s'imaginent que, pour avoir blanchi ſous la robe, ils ont toutes les connoiſſances eſſentielles à un avocat. Mais il faut détromper le public ſur le mérite poſtiche de ces avocats machines ; toute leur ſcience eſt dans leurs énormes *in-folio* ; car ôtez de leurs conſultations les paſſages latins, les citations de juriſconſultes, les plagiats, & vous n'y trouverez ſouvent rien de l'avocat que ſon nom. La raiſon y eſt entiérement oubliée. *Appeſantis par le jargon dégoûtant de la chicane*, ces lourds conſultans n'*oſent*, ou plutôt ne peuvent s'élever au langage de la véritable éloquence.

Et comment le connoîtroient-ils ? Jamais ils ne l'ont étudié. L'éloquence n'eſt point entiérement un don de la nature ; c'eſt preſque toujours le fruit de la lecture & de l'exercice. La nature prête le foyer ; mais c'eſt au ſouffle opiniâtre du travail à y allumer le feu du génie. Ce n'eſt qu'en liſant & reliſant les bons auteurs, qu'en écrivant ſoi-même, qu'on peut ſe former le tact, acquérir une diction pure, une élocution facile. Demandez aux Cicéron, aux Hortenſius, par quel art magique ils ont ſu revêtir d'un coloris ſi beau les objets les plus décharnés & les plus triſtes ; par quel art ils ont ſu charmer tout l'univers, & cueillir tant de palmes dans le barreau. Ils vous répondront : le travail, le travail ; voilà notre unique inſtrument. Ces immortels athletes n'entroient pas dans la lice ſans armes, ſans veilles, ſans préparations. Qu'on ſe rappelle la fameuſe lampe de Démoſthenes, ſes harangues ſur le bord de la mer. S'il devint grand homme, ce fut un miracle de l'art : la nature n'avoit rien fait pour lui.

L'étude des loix eſt encore plus négligée que celle de la déclamation & de l'éloquence. Qu'on ne me cite point ici les écoles de droit. C'eſt un marché public, où, à la honte d'une nation qui ſe dit éclairée, on vend au poids de l'argent le titre de juriſconſulte, & le droit de tromper ſes concitoyens. Ce n'eſt point à de pareilles écoles que peut ſe former le vrai juriſconſulte. L'ignorance y enſeigne mille erreurs, l'autorité les conſacre. Des loix étrangeres dominent impérieuſement. Malheur à qui fléchit le genou devant ces vieilles idoles ! Il ne ſera jamais un grand homme. Non, ce n'eſt point en eſclave qu'il faut étudier les loix. Il faut en enviſager l'enſemble d'un œil philoſophique, en parcourir tous les rapports, deſcendre dans les détails, ſaiſir les abus, les publier hardiment, & jamais, jamais ne ſacrifier à l'autorité.

C'eſt en étudiant les ouvrages immortels des juriſconſultes philoſophes, c'eſt en liſant l'Eſprit des loix, la Théorie des loix, qu'on pourra démêler le fil véritable qui doit guider dans le dédale obſcur

du

du droit. C'eſt en étudiant les Grotius, les Puffendorf ſur le droit de la nature & des gens, qu'on découvrira les principes lumineux d'où découlent toutes les inſtitutions ſociales. On y verra ſouvent des taches qui les obſcurciſſent; car la fureur de l'érudition régnoit alors : mais le flambeau de la raiſon les fera diſparoître. C'eſt à la lueur de ce flambeau, qu'on diſtinguera dans les loix romaines, des ridicules, des beautés, des diſpoſitions excellentes, abuſives & cruelles, des contradictions, des inconſéquences. C'eſt en étudiant le droit canonique, qu'on ſaura apprécier la valeur de ces décrétales, & d'autres loix étrangeres que l'impoſture fabriqua, que l'ignorance accueillit, que la crainte fit reſpecter, que le bon ſens rejette. C'eſt en étudiant les droits coutumiers & féodaux, & toujours avec le flambeau de la raiſon, qu'on découvrira peut-être le fondement de ces droits incertains, qu'on ſaiſira la vérité qui a échappé aux Monteſquieu, aux Duclos, trop enthousiasmés d'hypothefes ingénieufes.

Tant qu'on ne réformera point les abus qui se sont glissés dans l'étude des loix & dans le barreau françois ; tant que le despotisme des vétérans écrasera le génie des jeunes orateurs ; tant que l'esprit de chicane & l'esprit mercantile aviliront cet état honorable, le barreau françois sera couvert d'une ombre impénétrable ; l'exemple des Catinat, des Crébillon, fuyant ce repaire où le glaive de la justice s'ensanglante dans l'obscurité, découragera toujours le talent qui se présentera pour défendre l'infortuné.

LETTRE V.

Sur les Journaux.

JE vous ai promis, mon cher provincial, de vous donner mon opinion sur les journaux, & je vous tiens parole. Initié dans presque tous les tripots littéraires, je connois leurs manœuvres, & j'y vois à découvert ces petits despotes qui tranchent avec tant de hauteur quand ils sont guindés sur leurs tribunaux. En lisant leurs oracles, vous avez été sans doute étonné de ne point y trouver ce ton modeste, quoique savant, qui caractérise les Nouvelles de la république des lettres du célebre Bayle, les journaux des Bauval, des Basnage, & des autres écrivains du dernier siecle. On ne connoissoit point alors, ni les coteries littéraires qui déterminent sur la couleur du parti le mérite d'un auteur, ni les femmes économi-philosophes, qui distribuent les réputations & les honneurs ; on ne connoissoit point l'art devenu si à la mode, de paroître savant sans l'être ; & lorsqu'un célebre écrivain étoit condamné par un journaliste, il étoit sûr d'être jugé par son pair. *Quantum mutatus ab illo !* Qu'on me cite un journaliste aujourd'hui, capable d'analyser, de discuter, de réfuter les ouvrages savans qu'a produits le ſiecle ; le ſyſtême ſur les langues du profond grammairien de Lauſanne, les brillantes revêries de l'éloquent romancier de l'hiſtoire naturelle, les calculs des Euler, des Bernoulli, les recherches des monumens antiques des Scherſius, des Oberlin, des Schœpflin, les traductions & commentaires ſi ſavans des Villoiſon, des Larcher, &c. &c.

Non, je le dis à regret ; mais de tous les êtres qui font valoir le très-fond journalique, il n'en eſt pas un ſeul qui puiſſe tracer un ſillon profond. On veut tout lire, & tout juger ; & conſéquemment on lit à la hâte, & on juge mal. C'eſt le revers des journaliſtes du dix-ſeptieme ſiecle. Quand d'ailleurs Bayle ou Leclerc ſe chargerent de rendre compte d'ouvrages philoſophiques ou théologiques, l'un s'étoit déjà ſignalé par ſes Penſées ſur les cometes, l'autre par ſes différens écrits ſur l'hiſtoire eccléſiaſtique. De nos jours, tout homme qui a la rage d'écrire, ou qui ſouvent n'a que faim, s'aſſied ſans façon ſur un tribunal, & prononce ſans examen ; il ſubſtitue l'impudence au ſavoir, les ſarcaſmes aux raiſons ; il parle de tout, juge ſur tout, ſans avoir rien approfondi ; & malgré ſon ignorance, il vérifie encore le proverbe de Boileau :

Un ſot trouve toujours un plus ſot qui
l'admire.

Quoique ces réflexions générales puiſſent s'appliquer à la plupart des journaliſtes d'aujourd'hui, il en eſt cependant d'eſtimables, au moins ſous certains aſpects. On eſt obligé, par exemple, de convenir que l'auteur des Annales du dix-huitieme ſiecle eſt un écrivain éloquent & plein de chaleur ; que les ouvrages ſont analyſés avec méthode & impartialité dans les Journaux encyclopédiques ; que la Harpe écrit purement, &c. C'eſt un hommage dû à la vérité ; & c'eſt elle encore qui tracera le tableau que je vous préſente des différens journaux.

Je commencerai d'abord par les Annales politiques, civiles & littéraires. Vous connoiſſez les écrits & les malheurs de leur illuſtre auteur. Il vous a toujours intéreſſé ſous ce double côté, & la lecture de ſes Annales doit augmenter dans vous cet intérêt. Il eſt ſans doute difficile de pouvoir maintenant apprécier ſes ouvrages & ſon mérite. M. L. eſt trop près de nous ; & l'impreſſion cauſée par le preſtige de ſon éloquence, eſt trop fraîche pour que j'oſe haſarder un jugement. En me détachant néanmoins autant qu'il eſt poſſible de toute prévention, je vais vous tracer ſon portrait. Je ne le juge ici que ſur ſes Annales politiques, civiles & littéraires.

1°. *Politiques.* Je voudrois pouvoir me démontrer que l'amour du vrai a enfanté dans ſon ame ce ſyſtême de la force ſi favorable au deſpotiſme, auquel il ſubordonne toutes ſes réflexions ſur les événemens politiques. Peut-être trouvant peu de gloire à glaner dans le champ qu'avoit défriché Monteſquieu, a-t-il mieux aimé détruire ſes ouvrages : *& quid facundia poſſet, tum patuit.* Je ne décide point, quel que ſoit le motif qui l'ait animé, le combat de ces deux rivaux, où l'un déploie les raiſonnemens puiſés dans une longue recherche de l'eſprit de nos loix, & les efforts d'un génie preſque toujours égal ; où l'autre oppoſe une éloquence animée par les couleurs d'une imagination brillante, & tout l'art paradoxal : mon eſprit enchanté contemple, admire, & n'a pas le loiſir de critiquer. Abſtraction faite du ton ſyſtématique qu'on reproche à M. L. il faut bien diſtinguer les Annales politiques, de la foule des autres journaux politiques du ſiecle. Ce ſont des pygmées ſur le ſein d'Hercule. La touche de l'annaliſte philoſophe ſait embellir juſqu'aux détails les plus arides ; en ſe jouant avec les erreurs, il eſt encore ſupérieur au gazetier qui ne dit que des vérités froides & triviales.

2°. *Annales civiles.* Nos tribunaux

fourmillent d'abus, tout le monde le ſait, perſonne n'a oſé les décrire avec autant de force que M. L. Ardent à pourſuivre l'hydre de la chicane, dont les replis tortueux ſemblent ſe multiplier dans les affaires criminelles, il peint avec énergie les inconvéniens affreux qui réſultent de nos loix pénales, & il en indique ſagement le remede. L'humanité le guide par-tout, & ſes ennemis même ſont obligés de convenir que ſa plume éloquente a quelquefois vengé l'innocence étouffée ſous l'amas des formalités judiciaires; c'eſt ſans doute rendre un grand ſervice à la juriſprudence, que de naturaliſer la philoſophie dans ſon terroir ingrat. M. L. l'a tenté; & ſi ſes efforts n'ont pas été couronnés par le ſuccès, c'eſt que la vérité perce toujours avec peine le nuage épais du préjugé.

3°. *Annales littéraires.* C'eſt la partie la plus courte de cet ouvrage. On y voit rarement des extraits des ouvrages nouveaux; on y trouve ſouvent au contraire des anecdotes relatives à quelques gens de lettres qui paroiſſent tenir le ſceptre littéraire, & dont l'annaliſte veut renverſer les ſtatues.

Je ne décide point entre Geneve & Rome.

Mais il eſt beaucoup de gens impartiaux, qui aimeroient autant un bon extrait qu'une anecdote ſcandaleuſe.

En général, on reproche à cet auteur un eſprit ſyſtématique, la manie de ſe ſingulariſer, beaucoup d'acharnement contre le philoſophiſme, contre l'économie, contre l'académie, contre tout ce qui en porte le ſceau; un reſſentiment trop marqué, quoique peut-être juſte, contre l'ordre des avocats; une affectation à juſtifier les prêtres qu'il n'aime pas, à contredire même les vérités qu'il croit. Voilà le mauvais côté de cet écrivain:

Ce portrait-là n'eſt pas fort à ſon avantage;
Mais malgré ſes défauts, nous l'aimons à la rage.

Car d'un autre côté, ſes malheurs, ſes perſécutions qu'il a eſſuyées, l'art de préſenter adroitement ſes paradoxes, le vernis enchânteur dont il les couvre, s'ils ne ſont pas des titres pour le juſtifier, ſont ſans doute ſuffiſans pour le faire goûter.

Je paſſe à préſent au journal de ſes adverſaires.

Mercure de France, politique, hiſtorique & littéraire. Paris, Panckoucke.

Le Mercure de France s'eſt régénéré, comme le phénix, de ſes cendres & de celles de cinq à ſix journaux qu'on lui a joints, pour étayer ſa foible exiſtence. Voici le nom de ces journaux.

1°. *Le Journal des Dames*, imaginé d'abord par une obſcure madame de Montenclos, tombé enſuite dans les mains d'un apprentif philoſophe, puis réchauffé par l'auteur de l'An deux mille quatre cent quarante, tombé en décrépitude dans l'attelier de Dorat qui voulut le reblanchir, a fini par être englouti dans le Mercure.

2°. *Journal François.* Ce journal naquit, je crois, en janvier 1777; il dut la vie à un accouplement aſſez comique de Paliſſot & de Clément, qui avoient alors fait cauſe commune pour criailler contre l'académie & les Voltéromanes. L'embryon fut étouffé preſqu'au berceau, & le Mercure avec ſes ſerpens l'entortilla ſi bien, qu'il finit par ſe l'incorporer.

3°. *Journal des Spectacles.* Ce journal a toujours été paſſablement ennuyeux & honnêtement partial. Le public le liſoit peu; mais les comédiens qui le lurent trop, fatigués de la cenſure, parvinrent à faire bannir ſucceſſivement les auteurs. Le combat finit faute de combattans. Nouvelle proie pour le Mercure.

4°. *Gazette ou Journal de Littérature.* Ce journal étoit ignoré avant que M. Linguet lui prêtât ſon nom. A cette époque, il eut, ſans la mériter, une célébrité incroyable; car M. Linguet y écrivit rarement. Le malheureux article contre l'académie, dont le texte étoit *pulſate & aperietur vobis*, irrita la tourbe philoſophique. Le journaliſte diſgracié par ſes ſupérieurs, congédié par le propriétaire, ſortit de France, & alla dans des pays étrangers donner un libre eſſor à ſa plume. L'académie diſpoſa de ce tribunal journalique en faveur du nouveau frere, qui, chargé de la factorerie univerſelle du Mercure, y joignit la dépouille de ſon ennemi.

Enfin, on a réuni à tous ces journaux le Journal Politique de Bruxelles, qui n'eſt qu'une compilation de gazettes.

L'objet principal du Mercure, eſt de rendre compte des ouvrages nouveaux. Il a par-deſſus l'ancien un avantage ; c'eſt qu'on n'y donne pas indifféremment de l'encens à tous les barbouilleurs de papier. Lacombe avoit la fatale manie de voir tout en bien, & il diſoit du bien de tout. Le ton louangeur faiſoit probablement mieux ſon affaire ; cependant, malgré ſa fine politique, l'optimiſte a péri. Candide feſſé, cocufié, volé, prêchoit toujours comme ſon maître, que tout alloit au mieux. Le colonel *** en dit autant, malgré l'écoulement ſucceſſif de ſes abonnés, & malgré ſes manœuvres pour les retenir. Une femme de beaucoup d'eſprit diſoit à cette occaſion, qu'il étoit mauvais chymiſte, puiſqu'il ignoroit que le mercure mal adminiſtré faiſoit crever les gens. Le nouveau Mercure, pour ſe diſtinguer, n'a pris aucune épigraphe ; il a peut-être craint de n'en mériter aucune. Robinet a dédié ſa collection diplomatique au tems & à la vérité. Je n'adapterois pas cette deviſe au Mercure ; la recommandation au tems pourroit fort bien ne pas aller à ſon adreſſe : quant à la vérité, il faut ſe piquer d'un peu de pudeur. A l'épitaphe ancienne qui n'étoit auſſi qu'un menſonge, je ſubſtituerai cette dédicace trop réelle : *à l'Académie, à l'Encyclopédie, à l'Economie.*

Cette dédicace prémuniroit le lecteur contre le danger de la lecture ; il liroit l'analyse sans sucer imperceptiblement le poison de l'erreur, répandu dans la critique. Il verroit que ce journal est dédié au despotisme littéraire, que la passion tient la plume des auteurs partenaires du Mercure.... Ces partenaires ne sont en effet que des académiciens ou des candidats qui se dévouent au culte académique, qui, tout enivrés d'un dîner philosophique ou du regard d'un homme que le vulgaire intitule philosophe, se mettent sans façon à côté de Séneque ou d'Epictete. Tels l'abbé A.... le savant de C... &c. &c. On a dit il y a longtems, que les journaux avoient contribué à la décadence de la littérature : cette observation se vérifie sur-tout aujourd'hui. Pyrrhon, pour prêcher son systême, n'auroit qu'à présenter à ses auditeurs sur le même article, Linguet & le Mercure.

Année Littéraire, par Freron.

A la mort du pere Freron, ce furieux antagoniste de M. de Voltaire, on crut que ce journal tomberoit. La réputation du pere, la modération du fils, l'ont sauvé du trépas auquel les philosophes l'avoient condamné par avance. Il est malheureux que ce journal soit entaché d'une partialité trop visible contre l'académie, le philosophisme, &c. car le critique y montre le plus souvent un goût très-épuré. Cette guerre littéraire entre les journalistes, est peut-être cependant le préservatif le plus sûr contre l'introduction du mauvais goût. La trompette du Mercure, vouée aux éloges académiques, n'auroit jamais relevé par exemple le ton précieux, le faire trop recherché de M. D... dans ses œuvres. Freron & Linguet en ont fait justice, le public en a profité. Si le despotisme est à craindre en politique, il l'est autant dans la littérature; & pour subsister & fleurir, elle doit toujours être dans un état violent, dans l'anarchie. C'eſt dans cette fermentation qu'elle s'épure ; ſi le ſouffle des vents contraires n'en ridoit jamais la ſurface, la corruption s'y introduiroit auſſi-tôt. Mais en faiſant des vœux pour cette polémie éternelle, je ſuis bien loin d'approuver les ſarcaſmes amers, les invectives, les perſonnalités groſſieres qui la déshonorent. J'aimerois beaucoup cette épigraphe qu'avoit choiſie Freron, ſi ſon premier ſoin n'avoit été d'en oublier le ſens :

Parcere perſonas, dicere de vitiis.

Journal Encyclopédique.

Si ce journal n'eſt pas écrit avec cette éloquence qui caractériſe les Annales du célebre Linguet, ni avec cette légéreté qui diſtingue les écrits de la plupart des écrivains modernes, au moins on avouera qu'il eſt, dans la plupart des articles nationaux, impartial & judicieux. Y donner une analyse exacte de tous les bons ouvrages qui paroissent, y entre-mêler des observations dictées par un goût épuré : voilà la marche ordinaire de l'auteur de ce journal. On le voit rarement se livrer à des sarcasmes, ou à des critiques envenimées, parce qu'il n'a, dans les guerres qui déchirent la littérature, arboré aucun pavillon.

On voit souvent dans ce journal des notices très-étendues de livres anglois. Ce n'est qu'une traduction des jugemens consignés dans les différens journaux littéraires qui paroissent à Londres ; il copie le plus souvent mot pour mot le *Critical review*, dont il a le ton & l'allure.

Au journal assez étendu de toutes les sciences, on accolle, on ne sait trop pourquoi, un article long & déplacé des nouvelles politiques ; c'est un hors-d'œuvre que l'auteur pourroit supprimer. Il seroit aussi ridicule d'aller chercher des nouvelles dans le Journal encyclopédique, que de bons extraits de livres dans le

Courier de l'Europe. La vraie méthode de perfectionner les inventions utiles sur nos connoissances, est de les restreindre exactement dans leurs spheres.

La Nature considérée sous les différens aspects, ou Journal des trois regnes de la nature, par M. Buc'hoz, médecin.

M. Buc'hoz est un des plus féconds auteurs qu'ait produits le dix-huitieme siecle. C'est en médecine un Scudery, *dont la fertile plume peut au moins chaque mois enfanter un volume.* Cet infatigable écrivain a, tant en compilations étrangeres qu'en productions de son cru, composé quarante volumes *in-folio.* Pour se délasser, il écrit toutes les semaines une feuille sur les trois regnes. Rien n'est plus étrange que sa manufacture de médecine; il a un secretaire rempli de morceaux à tiroir, de toute espece, de toute longueur; & il compose sa feuille de ceux que le hasard lui amene les premiers ſous la main. Pauvre public ! ... Voilà comme on te dupe ! Puis fiez-vous à meſſieurs les docteurs.

Journal de Paris, ou Feuille du ſoir.

La multiplicité des feuilles journalieres qui paroiſſent à Londres, engagea en 1776 une ſociété à en créer une de cette eſpece à Paris. Cependant avant elle, M. Donat a donné en 1764, le plan d'une feuille périodique & journaliere pour la ville de Paris.

M. de Saint-Hubert, auteur d'une hiſtoire abrégée de Marſeille, en avoit auſſi donné un plan ; mais à ſa naiſſance même on lui preſcrivit des bornes bien étroites : on lui ferma d'abord le vaſte champ de la politique, qui fournit tant de matiere aux déraiſonneurs de la Tamiſe ; on avoit promis d'y inſérer les aventures du jour, des épigrammes, & tout ce qui pourroit alimenter la malignité curieuſe du public ; les ruelles, les foyers, les cafés, tout auroit eu ſon article ; mais les caillettes, les abbés, les héroïnes du jour, craignant de ſe voir démaſqués, firent tant de tapage, que la police ôta le ſtilet des mains des auteurs de ce journal, & ne leur laiſſa que l'ennuyeux encenſoir. Auſſi vit-on paroître de tems en tems des éloges paſſablement bourſoufflés, conſacrés à la gloire de l'académie françoiſe, à la gloire de maint auteur ignoré ; & ſi quelquefois on s'éleva juſqu'à la critique, ce ne fut que pour déchirer quelques martyrs de la littérature françoiſe, quelques harpies littéraires. Cependant ce journal a fait fortune ; la raiſon en eſt ſimple : c'eſt un aliment quotidien à la curioſité renaiſſante des Pariſiens; il eſt d'ailleurs unique dans ſon eſpece : enfin il eſt peu diſpendieux, car pour ſix liards on a la liſte des ſpectacles, des morts, des enterremens, des charges à vendre, du prix du beurre, la notice de la hauteur de la riviere, du lever & du coucher de la lune & du ſoleil, le tout couronné par un article de littérature ; car c'eſt là le morceau friand des Pariſiens. Ils ſont grace de cette politique qu'on diviniſe à Londres, pourvu que de tems en tems on leur procure l'agréable ſpectacle du combat de quelques auteurs qui ſe déchirent, de quelqu'âne mis à mort, ou d'un bouldogue lancé en l'air. Il faut cependant rendre cette juſtice aux auteurs de ce journal, c'eſt que dans l'analyſe des livres, ils montrent un goût épuré, & toujours judicieux, lorſque la partialité ou le malheureux eſprit de parti ne les domine pas.

Obſervations ſur la Phyſique, l'Hiſtoire naturelle, &c. par MM. Roſier & de Mongez.

Ce journal vraiment intéreſſant, commencé en 1752 par MM. Dagoty & Touſſaint, n'a pas encore reçu toute la perfection dont il eſt ſuſceptible. On y voit rarement les noms des ſavans dont le ſiecle préſent a reconnu le mérite. La plupart des écrits qui y ſont conſignés, ſortent de l'attelier des phyſiciens obſcurs ; les différentes parties de la phyſique y ſont d'ailleurs très - inégalement traitées , & cela n'eſt point étonnant. Cette ſcience eſt aujourd'hui ſi immenſe, que vouloir en embraſſer toutes les branches, c'eſt vouloir ne la connoître que ſuperficiellement. Chaque partie importante de la phyſique , comme la chymie , l'hiſtoire naturelle , &c. &c. auroit donc beſoin d'un journal particulier , où l'on conſigneroit toutes les découvertes qui lui ſont relatives, où l'on détruiroit toutes les erreurs dont elle eſt infectée : voilà le vrai moyen de reculer les bornes de cette ſcience. Mais lorſqu'un ſeul homme transformant l'empire de la ſcience en un vil marché, y cherchera plus ſon profit que ſa gloire , que le progrès des connoiſſances ; lorſque, pour en impoſer par un charlataniſme trop commun, il mettra à la porte de ſa boutique une enſeigne plus brillante que fondée, il séduira peut-être, mais il n'instruira pas; il accréditera par ignorance l'erreur, loin de la détruire. Voilà l'histoire de presque tous les journaux. Epigraphe, devise, style, ton tranchant, ton impudent; on ne néglige rien pour duper les sots, & les sots sont les trois quarts des lecteurs, & les sots font les réputations, & les sots réduisent au silence le sage qui veut lutter contre le torrent .... Ce n'est pas que je veuille appliquer ces réflexions à MM. Rosier & de Mongez; je rends hommage à leurs lumieres; mais je voudrois, ou que leur plan ne fût pas si vaste, ou qu'il y eût des coopérateurs en plus grand nombre, & plus instruits pour l'exécution.

L'Espion François à Londres.

Je n'ai vu que les deux premiers numéros de ce journal, qui ont paru en décembre 1778 & en janvier 1779; je crois qu'il n'a pas été continué à Londres. Il n'eut pas une grande vogue; on ne voulut pas en permettre l'introduction en France.

Ce journal avoit été imaginé à l'instar de ce fameux Spectateur, aujourd'hui livre classique en Angleterre, mais qui a produit tant de mauvaises copies. Pour se distinguer, l'auteur déclare qu'il a mieux aimé prendre le titre d'Espion, & en cette qualité, il commence par décrier tous les espions Turcs, Juifs, Chinois, qui ont paru avant lui. Il appelle cela connoître sa partie ; c'est la connoître comme les chenilles qui, pour se nourrir, défigurent & flétrissent les plus belles fleurs.

Le plan de l'auteur ne paroît pas fort utile. *La législation de la parure féminine en fait la base ; il parle de la poupée de Paris ; il n'oubliera pas la coëffure à double étage* ; *il s'arrêtera sur-tout aux plumets* ; articles fort intéressans : au surplus, *il jasera politique*, *nouvelles*, *littérature*, &c. C'est le champ de bataille de tous les journaliſtes. Voyons comment ce plan eſt exécuté.

Dans le ſecond volume, il y a d'abord une diatribe très-longue contre les 600000 gazettes, & les 25000 journaux qui ſe publient à Londres. Il en donne une analyſe, des extraits qui ne ſont que des caricatures inſipides, parce qu'elles ſont ou trop recherchées ou trop triviales. Par exemple, à l'article *Littérature Angloiſe*, il annonce un traité de l'art de faire les puddings ; un diſcours ſur les pommes ; un traité des veſſies pour apprendre à nager, par M. Ware, faiſeur de veſſies de l'amirauté, &c. & cent autres turlupinades que le grimacier des boulevards ou le plus plat arlequin n'oſeroient pas répéter. Cette mortelle analyſe de gazettes ne contient que cinquante pages.

Pour montrer à ſes confreres les journaliſtes la maniere de faire une gazette, il remonte jusqu'à 1713, & cite des morceaux des Lettres Perſannes, qui contiennent les portraits des ſouverains & miniſtres d'alors. Que n'imitoit-il donc le ton de Monteſquieu, au lieu de l'aduler platement ? Enſuite paroît une lettre d'un autre eſpion, d'un M. Mouchard, qui veut lui demander de la pratique dans la diplomatique ; puis une lettre d'une prétendue milady, ſur le luxe des femmes, où l'on reconnoît l'empreinte lourde du journaliſte ; puis quelques réchauffés ſur la politique, aſſaiſonnés d'épigrammes contre Linguet & le Courier de l'Europe. Et voilà comme M. Criſpin forge un volume de cent pages ; le ſtyle en eſt lourd, le faire monotone, & l'ouvrage n'eſt pas même françois ; qu'on en juge par cette phraſe qui eſt la premiere de toutes.

Le commencement de cet ouvrage parut il y a quelques mois à Londres, ſous le même titre. Les premiers Czars de Ruſſie, qu'on mit au rang des barbares, *étoient bien civiliſés de fermer* les portes de leur empire, & d'en mettre la clef dans leur poche. Le ſtyle de l'auteur ne s'eſt pas fort épuré en roulant dans tous les pays du monde. Il appelle les Annales de Linguet, des annales circulaires ; & ce *circulaire*, il le ſouligne pour avertir ſes lecteurs que c'eſt une épigramme ; ce qui eſt très-prudent, car perſonne ne s'en ſeroit douté.

Journal de Littérature, des Sciences, des Arts, par l'abbé Groſier.

Les lecteurs qui ne ſuivent pas les différentes métamorphoſes qu'éprouvent les journaux, ne reconnoîtront pas ſous ce titre le fameux Journal de Trévoux, où le P. Bertier verſoit à pleines mains le fiel de la ſatyre ſur les ennemis de ſon ordre puiſſant. C'étoit l'arene où les jéſuites rompirent des lances contre les proteſtans, les janſéniſtes, les philoſophes qui ont fini par les écraſer. A leur extinction, ce champ de bataille reſta vacant, puis devint la proie d'un de leur ennemis.

Le P. Mercier qui, ſuivant la coutume, dénigra ſes prédéceſſeurs, vanta ſa délicateſſe, & enfla le nombre de ſes abonnés. Cette farce s'eſt encore jouée en 1776. C'eſt un article curieux à mettre dans le dictionnaire des honnêtetés littéraires. Le P. M. n'eut pas cependant comme le P. B. le talent de ſe faire entendre ; les lecteurs diminuoient ; pour les rappeller, on changea de paillaſſe, & un fablier ſe mit ſur les rangs ; il crut réchauffer ce journal mourant, en parlant & reparlant éternellement de ſes fables. Malheureuſement pour l'abbé, on ne reconnut dans lui qu'un bâtard de l'*Eſope* du dernier ſiecle ; mais par une fine politique il abandonna le monde ingrat, de peur d'en être le premier abandonné. Cet héritage journalique délaiſſé par les empiriques, fut recueilli par un homme de lettres, doux de caractere, & très-inſtruit. Apparemment que ces qualités ne ſuffiſent pas pour donner la vogue à un journal ; car il ne réuſſit pas encore ſous la plume du nouveau rédacteur. Enfin, un digne militaire l'a acheté, & en a deſtiné le produit pour l'inſtitution des jeunes orphelins militaires. L'abbé qui le rédige, a fait ſes premieres armes ſous le fameux Freron, & il s'eſt montré digne de ſon maître.

Journal de Marine, ou Bibliotheque raiſonnée de la ſcience du navigateur, par M. Blondeau, de l'académie royale de marine, & profeſſeur de mathématiques à Breſt.

Ce journal manquoit à la France, & il ne pouvoit paroître dans un tems plus favorable qu'à l'époque frappante où la marine françoiſe reſſuſcitant de ſes cendres, fixe les regards de l'Europe entiere. Deſtiné à inſtruire les marins ſur toutes les parties de la ſcience nautique, cette ſcience concentrée juſqu'à préſent dans nos ports & dans quelques écoles obſcures de marine, il ſera ſans doute favorablement accueilli, même par cette partie du public, qui ne cherche dans les livres qu'à cueillir la fleur ſuperficielle des connoiſſances.

Journal d'Agriculture.

L'agriculture, le commerce, les arts & la finance, ſont les quatre principaux objets ſur leſquels roule ce journal. On y donne l'analyſe des ouvrages qui paroiſſent ſur ces matieres, des mémoires, des réflexions politiques & critiques ; on y diſcute des queſtions de commerce ; on y tranſcrit enfin les édits, déclarations, arrêts, lettres-patentes, qui ſont rendus ſur ces objets. Dans le proſpectus de ce journal qui a commencé en 1778, on avoit promis de donner un tableau de l'état actuel du commerce des diverſes nations, & de chaque ville en particulier ; d'y ajouter l'hiſtoire des manufactures les plus renommées, tant nationales qu'étrangeres. Soit défaut de mémoires ſuffiſans, ſoit négligence, cette promeſſe dont l'objet eſt intéreſſant pour le public, n'a point encore été remplie.

Les ouvrages y ſont analyſés avec clarté, préciſion, & ſouvent même avec intérêt. La notice des ouvrages de Bernard Paliſſi pourroit, par exemple, être citée comme un modele de critique judicieuſe & impartiale, & l'on peut rendre cette juſtice à l'auteur, M. Ameilhon; c'eſt qu'il eſt peut-être l'unique journaliſte qui ne ſe ſoit point ſouillé par des diatribes groſſieres contre ſes confreres; par des ſatyres ameres contre les auteurs dont il analyſe les ouvrages; en un mot, par cet eſprit de faction & de parti, dont preſque tous les littérateurs ſont infectés aujourd'hui. Et néanmoins, quel vaſte champ pour les épigrammes, les plaiſanteries, les invectives, que celui de l'agromanie, de l'économiſme, des ſyſtêmes de légiſlation! L'incertitude qui regne dans ces matieres, ne contribue pas peu à ôter à ſon journal cet intérêt que sembloient lui promettre sa circonspection & son impartialité. Tout est encore à faire dans l'agriculture. Colbert a entr'éclairé le labyrinthe du commerce ; celui de la finance est bien loin de se simplifier : on pose cependant par-tout des principes ; mais par-tout ils sont combattus ; les économistes bâtissent, les anti-économistes détruisent, les gens de lettres persifflent ; au milieu de ces combats, le public qui voit le journaliste sans fil, peut-il se fier à ses calculs, à son analyse ? Il doute en passant en revue toutes les rêveries des faiseurs de systêmes. Mais pour douter, a-t-on besoin de lectures si fatigantes, si soporifiques ?

Nouveau Journal Etranger, de M. le Fuel de Mericourt. Londres, 1777 & 1778.

Amicus Plato, ſed magis amica veritas.

M. le Fuel avoit été chargé de la rédaction du Journal des Spectacles ; il dit un peu trop franchement ſon avis ſur les comédiens, & le tripot comique excita contre lui une tempête qui le força à fuir en Angleterre. Sans reſſource, ſans aſyle dans une terre étrangere, il écrivit pour ſubſiſter ; & comme un journal eſt la voie la plus prompte pour faire de l'argent, il fit un nouveau Journal Etranger, qui devoit être bariolé d'anglois, de françois & d'italien ; journal qui devoit contenir les nouvelles de la république des lettres, les anecdotes ſcandaleuſes, les épigrammes & juſqu'aux pots-pourris. Ce n'eſt point, diſoit l'auteur, un ouvrage ſcientifique que j'entreprends, mais un ouvrage utile & agréable à tout le monde.

Je n'ai lu que trois numéros ; je n'y ai pas vu beaucoup d'agrément ; je n'en ai pas même ſoupçonné l'utilité : j'ai vu que l'auteur avoit beaucoup de méchanceté ; qu'il cherchait à diſtiller par-tout ſon fiel ; qu'il s'efforçoit d'avoir une tournure aiſée, une maniere agréable, le ton de l'épigramme, en un mot ; mais j'ai vu qu'il en étoit bien loin. Méchant par caractere, il eut le ſort qu'il méritoit, & qu'il auroit dû prévoir ; il eſſuya des tracaſſeries, il mourut de miſere, & il n'emporta avec lui aucuns regrets. On n'a imprimé de ſon journal que huit ou dix numéros. Il l'écrivit à Londres dans le même tems que le célebre Linguet y publioit ſes Annales ; il chercha à le mordre pour en être remarqué, il ne mérita jamais une réponſe.

Il avoit annoncé une hiſtoire complete de tous les acteurs françois, de tous les hommes du jour : la mort l'empêcha de publier cette chronique ſcandaleuſe.

Gazette Univerſelle de littérature, des Deux-Ponts.

Cette gazette me paroît avoir remplacé la Gazette littéraire de l'Europe, mais n'a pas la même vogue. Elle eſt principalement deſtinée à rendre compte de la littérature étrangere ; les ouvrages allemands ſont ceux dont il eſt le plus queſtion ici, par la raiſon bien ſimple que l'imprimerie, le rédacteur ſont à Deux-Ponts, & qu'il y eſt bien facile de s'y procurer des ouvrages allemands. La difficulté de raſſembler tous les ouvrages qui paroiſſent en même tems dans tous les coins de l'Europe, l'énormité du coût des correſpondances, des ports de livres, des faux frais, le prix que les rédacteurs mettent à leurs articles, & vingt autres cauſes empêcheront toujours qu'il y ait une bonne gazette univerſelle, dont la publication ſera d'ailleurs toujours gênée par mille entraves. La gazette des Deux-Ponts a toutes ces raiſons contr'elle, & l'on ſe doute bien qu'elle n'a point réuſſi.

Journal d'Education.

Ce journal n'eſt preſque connu que dans les colleges. Entrepris par un maître de penſion, rédigé par des profeſſeurs, il ſe ſent du terroir où il eſt né ; & comme ce terroir eſt encore inculte & ſauvage, cette production pédanteſque ne devoit pas être accueillie dans un tems où la philoſophie a ſoulevé tous les bons eſprits contre la mortelle méthode de notre éducation actuelle. Je ne ſais ſi ce journal caçochime jouit encore des honneurs de l'exiſtence au moment où j'écris ; mais à coup ſûr elle n'eſt pas brillante.

Journal Militaire & Politique, ouvrage rédigé par une ſociété de gens de lettres.

On publia en 1770 une Encyclopédie Militaire qui ne fut pas accueillie. Ce journal paroît naître de ſes cendres. Il eſt composé de deux parties ; dans la premiere, on y rend compte de la vie des guerriers, des marins illuſtres. Les événemens politiques forment la ſeconde. Il eſt aiſé de ſentir que ce dernier article n'eſt qu'une copie de tout ce qu'il y a de plus intéreſſant dans les gazettes qui ont déjà paru. L'autre plus neuf contient des morceaux hiſtoriques très-curieux ſur les militaires françois de tous les tems. Mais étoit-il beſoin de rédiger ces morceaux en forme de journal ? Je ne connois point la ſociété de gens de lettres qui préſide à la rédaction ; il m'a paru en général foiblement écrit, & j'oſe prédire qu'il aura peu de ſuccès.

Je pourrois encore vous entretenir,

mon cher, de plusieurs autres journaux ; car le nombre en est immense dans notre patrie ; mais je me lasse de les parcourir. J'aurois pu vous parler des nouvelles de la république des lettres & des arts, qui ont pour objet un établissement qu'il faut laisser mûrir avant de le juger ; du Babillard, qui parle de tout & n'instruit sur rien ; d'un ancien Spectateur François illisible par le ton précieux qui y regne ; d'un Journal Ecclésiastique, dans lequel un théologien obscur s'amuse à déchirer quelques autres sectaires obscurs, &c. &c. &c. Mais je ne finirois pas, si je voulois épuiser la liste de ces journaux ; & sans le desir de fixer vos idées sur le mérite & l'utilité de chacun, je ne me serois pas imposé une tâche si désagréable, si inutile ; car la lecture de deux pages d'un bon livre est préférable à la lecture des meilleurs journaux.

LETTRE VI.

Sur les Querelles littéraires.

JE vous ai peint, mon cher ami, dans une de mes lettres le ſchiſme muſical de la France. J'aurois pu vous parler d'autres querelles ; car depuis l'obſcur M. de Chamois, juſqu'au célebre Linguet, le moindre écrivain a ſes ennemis, ſes perſécuteurs, ſes prôneurs, ſon journal affidé. De Viſ... eſt chanſonné à l'opéra ; les deux reines de la comédie françoiſe ont chacune leur parti ; Paſquin s'égaie ſur le déſintéreſſement de la ſociété royale de médecine ; un chymiſte ſe bat pour l'air fixe ; un autre pour l'acide crayeux ; le géometre de Vauſenville rompt une lance pour la quadrature du cercle ; l'apothicaire Cadet pour ſon vuidanger-ventilateur ; l'ambigu comique parodie l'opéra ; Léclufe parodie l'ambigu-comique,

&c. &c. Bref, tout combat ſur la terre, & tout eſt combattu. Ce qu'il y a de plaiſant, c'eſt que chacun voit ſon affaire avec les yeux de Don Quichotte pour la chevalerie, & rit de la folie de ſon voiſin. C'eſt la marotte de tous les hommes, & ils n'en ont jamais changé. Au milieu de ces querelles, le bien ſe fait par haſard, le mal à deſſein, & la nouveauté réuſſit toujours. Guy Patin crioit contre l'antimoine; il prit. La faculté des aſſaſſins fourrés s'ameuta contre l'inoculation, & elle prit; *& ſic in ſæcula ſæculorum.* Voilà l'eſprit des François; ils perſifflent le matin ce qu'ils adoptent le ſoir, & l'apparition d'une nouveauté fait oublier le lendemain le hochet qui avoit cauſé tant de débats la veille. Aimant à rouler dans la diverſité des objets le cercle de leurs jours, il ſemble qu'ils n'exiſtent que dans les obſtacles, les contradictions, le trouble; & la plupart ſacrifient la vérité qu'ils voient, au plaiſir d'être méchans qu'ils ſentent. C'eſt cet eſprit contrariant, qui produit tant d'accuſations de plagiats, qui les fait adopter avec tant de facilité. L'amour-propre humilié de la gloire d'un auteur, cherche ſes taches, eſt charmé d'en trouver, en ſuppoſe quand il n'en existe pas. Depuis Deſcartes, que ſon adverſaire Wallis accuſoit d'avoir dérobé ſes découvertes en algebre à un Anglois, que de procès ſemblables on a intentés ! Que de fois on a dit : Rouſſeau a volé Montagne, Crébillon un chartreux, Helvetius un abbé, l'Ami des hommes un Anglois, Voltaire tout le monde, & tous les poëtes Voltaire ! Voilà les bruits qui ſe tranſmettent de bouche en bouche, qu'on ne voit cependant ni prouvés, ni détruits en aucun endroit. Avouons-le, la perſpective d'un homme de lettres eſt bien conſolante ! On le ſiffle s'il fait un mauvais ouvrage. En fait-il un bon, on l'accuſe de plagiat, ou bien on le perſécute, on le dénigre, on déterre quelque anecdote ſcandaleuſe, ou on en crée pour amuser la malignité publique sur son compte. Comment existe-t-il encore des gens qui jouent à une loterie où la perte est sûre & réelle ? Y a-t-il donc un plaisir secret à servir de boul-dogue littéraire, pour la récréation du public ?

Pour éviter ce désagrément, quelques auteurs connus ont pris le parti de ne point répondre aux critiques, & de ne jamais entrer en lice, malgré les provocations des journalistes qui aboient par état. Mais ce parti n'est pas toujours le plus sûr. Dans le plagiat, par exemple, dont M. Gobet accuse aujourd'hui M. de Buffon, le silence de ce dernier est-il louable ? Tout le monde a entendu parler des *Epoques de la nature* ; l'auteur des *Minéralogistes François* prétend que le naturaliste françois a emprunté le systême qu'il a développé dans ses Epoques, d'un ouvrage manuscrit du profond Boulanger, dont les philosophes & les savans ne citent le nom qu'avec reconnoiſſance. L'accuſateur cite des faits, des noms connus, des papiers exiſtans, ſe montre enfin. L'importance de cette accuſation, les preuves qu'on avance, le ſilence de celui qu'on accuſe, ne doivent-ils pas jeter des doutes dans l'eſprit du public? Et ſi le ſiecle, plein de vénération pour le Pline qui l'honore, n'oſe le juger; que dira la poſtérité, en ne voyant ni déſaveu, ni preuve du contraire? Le capucin qui, ſuivant Paſchal, diſoit à ſon adverſaire pour toute réponſe, *mentiris impudentiſſime*, ſe ſervoit d'une arme convenable. C'étoit Therſite injuriant Therſite. Ici c'eſt Ajax qui défie Ulyſſe.

Tandis qu'en France on multiplie les accuſations de plagiats, quelques gens de lettres Anglois jouent à Londres une comédie bien différente. Un jeune homme nommé Chatterton, n'ayant ni ſou ni maille, s'aviſe de devenir auteur pour ne pas mourir de faim, & vole le nom d'un mort, pour ne pas laiſſer ſes ouvrages enſevelis dans la pouſſiere. Quelques auteurs anciens avoient parlé d'un poëte fameux nommé Rowley, dont les ouvrages avoient péri. La muſe affamée du dix-huitieme ſiecle prend le ton & l'allure des muſes du quinzieme ſiecle, décore hardiment ſes poéſies du nom de Rowley. Il arriva aux littérateurs anglois, ce qui étoit arrivé à Scaliger, à l'occaſion de Murel. Ils furent dupes de cette ſupercherie. On encenſa dans le faux Rowley les vers qu'on auroit déchirés dans le contemporain Chatterton. Cette fourberie littéraire lui procura de l'aiſance pendant quelque tems, mais on la découvrit ; il mourut dans le tems où cette querelle de ſuppoſition diviſoit les ſavans ; enſorte que ce ſingulier procès ne ſera jamais jugé. Cette hiſtoire rappelle celle des lettres de Ganganelli ; *adhuc ſub judice lis eſt.* Les auteurs ont pris parti ; mais on a fini par ne rien éclaircir, à l'ordinaire. L'éditeur ou le véritable pere a gagné de l'argent ; les journaliſtes ont mordu ; le public s'eſt amuſé, & cette petite querelle s'eſt enſuite confondue dans la foule de celles qui l'ont précédée. Voilà le terme où tout aboutit : félicitons-nous de ce que la vue de ce terme ne décourage aucun écrivain.

LETTRE VII.

Sur les Cenſeurs.

TOUT le monde connoît l'origine & les fonctions des cenſeurs à Rome, & l'utilité dont ils furent pour conſerver les bonnes mœurs & retarder la décadence de la république. Un écrivain a dit que les monarchies n'avoient jamais eu, ne pouvoient même avoir de mœurs publiques. Voilà ſans doute pourquoi nous n'avons point de cenſeurs moraux. Mais en revanche, comme dans les monarchies il ſe trouve toujours quelques eſprits turbulens qui brûlent de ſe ſingulariſer, de répandre leurs opinions paradoxales, ſoit ſur le gouvernement, ſoit ſur la religion ; comme ces paradoxes fermentant dans les têtes, pourroient occaſioner des troubles, on a imaginé la cenſure littéraire pour réprimer la démangeaiſon des écrivains dangereux. Ce frein réellement utile & bien imaginé ſi la main du deſpotiſme littéraire ne l'eût pas trop étendu, n'a ſervi de nos jours qu'à retarder les progrès des connoiſſances, qu'à porter chez l'étranger une branche la plus conſidérable du commerce typographique.

La date de l'inſtitution des cenſeurs royaux, ainſi que leur origine, eſt fort incertaine.

L'examen des livres fut d'abord attribué à la Sorbonne ; un arrêt du parlement de 1523 fit défenſe d'expoſer publiquement en vente aucun écrit ſur les matieres de foi, qu'il ne fût examiné par la faculté de théologie. Ainſi c'étoit aux livres qui regardoient la religion, que se bornoit la censure. Chaque docteur paroissoit pouvoir approuver les ouvrages qu'on lui présentoit, & le corps exerçoit une police rigoureuse sur les membres qui s'écartoient de leur devoir : témoin ce qui arriva à Alexandre Soto, & à Julien le Cendre, pour avoir approuvé un livre intitulé *de vocatione majorum.* Ils furent suspendus pendant six mois, & défense leur fut faite d'approuver aucun livre pendant quatre ans.

Sous charles IX, on choisit par des lettres-patentes, quatre sorbonnistes, pour remplir les fonctions de censeurs. Elles exciterent tant de réclamations, qu'on ne les exécuta pas.

En 1623 deux docteurs, Richer & Duval, ayant sur la question de l'infaillibilité du pape, divisé la faculté en Richeristes & Duvalistes, le second trouva le moyen de faire renouveller en sa faveur les lettres-patentes de Charles IX. Il se fit nommer, lui & trois de ses amis, à la censure exclusive avec 2000 liv. Mais les murmures, les plaintes, les cris de ses confreres lui causerent tant de désagrémens, que n'y pouvant plus tenir, il se désista après trois ans, ainsi que ses coopérateurs, de l'emploi & même de la pension.

Les fameuses disputes sur la grace firent rétablir cet arrangement. On nomma quatre censeurs, dont deux abdiquerent; les deux autres continuerent de censurer : ils essuyerent beaucoup de sarcasmes & beaucoup de reproches, dont quelques-uns étoient fondés, comme par exemple celui qu'on fit à Claude Morel, l'un d'eux, d'avoir dit de la traduction de l'Alcoran, ou du Koran, qu'il n'avoit rien trouvé dans cet ouvrage de contraire à la foi catholique & aux bonnes mœurs.

Toutes ces altercations théologiques déterminerent M. le chancelier Séguier à choisir des censeurs ailleurs que dans la faculté. Il soumit en même tems les ouvrages de littérature, qui jusques-là en avoient été exempts. L'abbé Desfontaines rapporte dans ses observations, lettre CCCXI, que le Dictionnaire des précieuses, de Saumaise, imprimé en 1661, est peut-être le premier livre de ce genre, que le chef de la justice ait fait approuver avant que d'en permettre l'impression. Ce fut M. de Balesdens, de l'académie françoise, qui fut commis à ce soin.

Depuis ce tems, le nombre des écrivains s'étant augmenté, on a pareillement augmenté celui des censeurs. Mais au lieu de les prendre dans la classe des savans & des gens de lettres, on les a pour la plupart choisis ignorés & rampans.

La censure, étant une espece de jurisdiction où ressortissent tous les ouvrages, ne devroit être confiée qu'à des juges littéraires qui auroient des titres suffisans, soit du côté des talens, soit du côté des mœurs, pour prétendre à cet emploi délicat; mais malheureusement il en est de ces places, comme des pensions & des couronnes académiques, l'intrigue seule les obtient ; & pour les conserver, le subalterne ignoré qui juge son maître, humilie, écrase le talent dont il redoute l'éclat, ou arrête son essor, dans la crainte qu'il ne lui soit pernicieux. Que d'ouvrages altérés, mutilés ainsi par la pusillanimité d'un censeur qui craint de perdre sa place ! Que d'ouvrages ensevelis par des auteurs célebres, qui rougissent de soumettre leurs productions à de pareils juges! Ces considérations devroient bien engager l'administration à supprimer la censure. Les intrigans y perdroient quelques places ; mais le génie pourroit enfin développer librement son essor; mais les étrangers ne s'enrichiroient plus à nos dépens. On m'objectera le mal que produit la licence. Mais voit-on plus de livres contre les mœurs ou la religion en Angleterre, où l'on admet la liberté de la presse qu'en France où elle est restreinte ? J'ose à peine le dire ; mais il n'eſt point de contrée où l'antimoine & l'incrédulité aient multiplié leurs ouvrages ſcandaleux avec tant d'éclat & de rapidité qu'en France.

LETTRE VIII.

JE vous ai parlé, mon cher, dans une de mes lettres, de la diſette de bons écrivains : c'eſt ſur-tout au théatre que cette pénurie ſe fait appercevoir. On peut dire que, depuis pluſieurs années, c'eſt un écueil redoutable où viennent ſe briſer tous les talens modernes. Il en eſt qui ſurnagent un peu plus long-tems dans ce gouffre ; mais ils finiſſent tous par être engloutis, les uns un peu plus tôt, d'autres un peu plus tard. Vous rappellerai-je, pour vous prouver cela, la chûte complete des *Arſacides* ; l'oubli légitime auquel ſont déja condamnés les *Barmécides* ; les ſuccès équivoques du *Malheureux imaginaire*, du *Célibataire*, &c ? Le fécond auteur de ces derniers ſemble vouloir marquer chaque année par de nouveaux revers. Sourd au sifflet des journalistes, insensible à la froideur avec laquelle le public, qui l'aime cependant, reçoit ses productions, il vient encore d'en hasarder une nouvelle. C'est une comédie intitulée, *Roséide*. On ne sait trop à quel genre appartient cette piece amphibie; si c'est une comédie de caractere, ou de situation, ou larmoyante: tout y est obscur, compliqué d'un bout à l'autre; point d'enchaînement dans les scenes; point de netteté dans l'imbroglio; point d'intérêt. Voilà des défauts ordinaires à cet auteur, que ne peuvent jamais racheter de jolis tableaux, de jolies scenes à tiroir. M. Dorat est un peintre délicieux pour les miniatures, mais il est détestable pour les grands traits d'histoire. Il a voulu s'élancer hors de sa sphere, & il a eu le sort d'Icare. Peuvent-ils en espérer un différent, ces auteurs qui, méconnoissant leurs forces, embrassent plus qu'ils ne peuvent étreindre, comme dit Montagne ? Pourquoi, par exemple, le baron de Tſch... ſi eſtimable par ſon traité de la *Translation des végétaux*, quitte-t-il l'étude de la nature pour courir dans les ſentiers gliſſans du Parnaſſe ? Haller l'a, dit-on, fait avec ſuccès. Je le veux. Leibnitz voulut auſſi dans le dernier ſiecle, joindre à tous ſes titres celui de poëte : heureuſement pour ſa gloire, la poſtérité a oublié les mauvais vers, pour ne ſe ſouvenir que du géometre & du métaphyſicien. L'opéra d'*Echo & Narciſſe* par le baron de Tſ... n'exiſteroit plus ſans la muſique du célebre Gluck qui lui a imprimé ſon cachet. Paſſons à un autre théatre, celui des Italiens, & nous y verrons autant de chûtes qu'aux autres, & des ſuccès plus ignominieux que des chûtes. On ignore déjà que l'infatigable auteur de l'*Eternel Babillard* a voulu s'illuſtrer le mois dernier par la comédie des *Bourgeois du jour*, & qui voudroit, d'un autre côté, ſe glorifier d'être le pere du *Déſerteur*, ou de *la Bataille d'Ivry.*

Ce n'étoit pas aſſez pour le malheur public, que la ſcene fût en proie aux auteurs médiocres; il falloit encore que les acteurs ſe liguaſſent pour exclure de leurs tripots les talens rares qui auroient pu arrêter la décadence du théatre. Il n'eſt point, en effet, de troupe qui ne ſoit ici déchirée par des cabales intérieures; & leur effet infaillible eſt toujours d'écraſer le vrai mérite, par la raiſon ſimple, que,

> Le vrai mérite eſt ſeul, & l'impoſteur fait ſecte.

Je ne ne vous citerai qu'un exemple récent de ces ſchimes qui diviſent nos foyers mimiques. Une actrice incomparable ſuſpendoit nos regrets ſur la perte de la célebre Dumeſnil. Ses ſuccès éclatans percent l'ame jalouſe d'une de ſes rivales, que l'équité impartiale plaçoit bien loin d'elle. Animée par l'envie, cette derniere ourdit aussi-tôt une manœuvre secrete ; on prévient les chefs, on séduit ses camarades, on intrigue, on persécute ; le talent persécuté se replie sur lui-même, éclate ; un éclat tombe malheureusement sur une personne en place, & le public est aussi-tôt privé du plaisir enchanteur que lui procuroit mademoiselle Sainval. La scene est abandonnée à des actrices à boudoir, à de misérables intrus. Cette histoire se répete tous les jours dans la littérature. L'homme à talens, dont l'ame fiere ignore les moyens de se dégrader, languit; & les pensions accablent l'intrigant qui n'a d'autre mérite que celui de dévorer dans le silence les humiliations. Cet abus frappant dans la distribution des graces ne contribue pas peu à décourager le génie, & à produire la stérilité de bons écrivains, dont je vous parlois. Si d'un côté les Mécenes récompensent si mal ; le public, de l'autre, est si précipité, si injuste, si cruel dans ses jugemens, qu'on ne devroit pas être tenté de lui ſacrifier ſes veilles. Un auteur débute-t-il ? ſon obſcurité eſt un préjugé contre lui. Eſt-il connu ? on ſe demande de quel parti il eſt, & on le déchire ou on le loue en conſéquence. S'il eſt neutre, comme il eſt ſans ennemis, il eſt ſans prôneurs, & conſéquemment il eſt bientôt oublié. Les prôneurs font ici les réputations, & il ſuffit d'être un peu charlatan pour avoir à ſa ſolde grand nombre de ces êtres ſuperficiels qui, pour ſe donner des airs d'importance, peignent toujours ſous les plus brillantes couleurs, l'écrivain qu'ils frequentent. Le public eſt dupe de ce manege, il ſe rend de bonne foi l'écho de ces éloges proſtitués ſans délicateſſe ; & la province adoptant ſans examen les réputations ſur oui-dire qu'éleve la capitale, cimente l'erreur plus ſolidement ; elle dure juſqu'au tems où l'impartiale poſtérité fait juſtice de ces talens médiocres, échafaudés ſur le chartalanisme. Que d'exemples je pourrois vous citer ! Je me bornerai à un seul. Nul poëte, à l'exception de M. de Voltaire, n'eut dans son tems une réputation plus brillante que l'abbé de Voisenon, mort depuis quelques années. C'étoit le héros des premiers cercles de la capitale ; il ordonnoit magnifiquement des fêtes & les chantoit, improvisoit joliment, faisoit des couplets, des comédies charmantes ; il avoit même imaginé un style grotesque, bigarré de termes de finance & de commerce, qui commençoit à avoir cours. Il faisoit *endosser des billets, viser des bons* à l'amour. En un mot, les femmes l'adoroient, les auteurs le prônoient, les versificateurs l'appelloient leur Anacréon. Il meurt, & sa réputation ne lui survécut pas. On ne se souviendra de lui que parce qu'il tenta d'énerver le bon goût & de corrompre la langue, en y introduisant un néologisme précieux & ridicule. Que d'auteurs existans, careſſés, prônés, accueillis par-tout, devroient ſe reconnoître à ce portrait ! *Mutato nomine.*

Je ſuis, &c.

Note de l'éditeur de ces lettres. Si le public accueille ces lettres, on en donnera la ſuite, dont une ſur-tout, ſur la découverte d'une cabale philoſophique littéraire.

www.ingramcontent.com/pod-product-compliance
Ingram Content Group UK Ltd.
Pitfield, Milton Keynes, MK11 3LW, UK
UKHW021549260726
13993UKWH00002B/719

9 782329 300849